年轻时我们向陌生人奔去

修新羽 著

天津出版传媒集团
百花文艺出版社

图书在版编目（CIP）数据

年轻时我们向陌生人奔去 / 修新羽著 . -- 天津：百花文艺出版社，2018.6

ISBN 978-7-5306-7289-1

Ⅰ . ①年… Ⅱ . ①修… Ⅲ . ①小说集 – 中国 – 当代 Ⅳ . ① I247

中国版本图书馆 CIP 数据核字 (2017) 第 148683 号

责任编辑：郑　爽　　**装帧设计：**肖　杰

出版人：张纪欣
出版发行：百花文艺出版社
地址：天津市和平区西康路 35 号　**邮编：**300051
电话传真：+86-22-23332651（发行部）
+86-22-23332656（总编部）
+86-22-23332478（邮购部）
主页：http://www.baihuawenyi.com
印刷：廊坊市鸿煊印刷有限公司
开本：880 × 1230 毫米　1/32
字数：167 千字
印张：7.5
版次：2018 年 6 月第 1 版
印次：2018 年 6 月第 1 次印刷
定价：36.00 元

目 录

目 录

年轻时我们向陌生人奔去

[1]

从宿舍骑车去教学楼，又一枚树叶落到我车筐里，和之前的那些类似，边缘枯黄翘起，没法儿留做书签。车筐里已经有四五片了，我从不把它们扔掉，而是骑车载它们穿行于校园，猜测需要多久才能把车筐装满。

晚上取车的时候，叶片不见了，车筐变得干干净净。我站在那里想了会儿，不知是谁拿走了它们。这是种古怪的行为，这是个古怪的问题。

下自习的人蜂拥而出，有声音在喊我的名字。王贺站在路口朝我招手，我不知道该不该冲他微笑，只是低下头，推车朝相反方向离开。

回到宿舍后，我开着台灯给江子文写信。我们把邮件称作信，这样听上去更郑重些。

本来他说要我亲手写，却又担心以后弄丢了太可惜。暖气没来，手裸在外面逐渐僵硬，我打几行字就得停下，赶紧伸到口袋里，在这些短暂的间隙，逐字审视自己写下的内容。信里谈到了前天下的初雪，深至脚踝；恰好路过他们学校时，遇见的漂亮女生；最近在读的几本书，他如果感兴趣的话可以看看，如果觉得乏味也没关系。

写到一半儿时我突然开始想念他。这种想念是种无可抗拒的力量，驱使我找出他的号码来。对着那些数字看了几秒后，又放弃了打过去的念头。我继续写信，越写越觉得自己的生活平凡乏味毫无意义。这是我专门申请来和他联系的邮箱，收件箱和发件箱里都只有他的名字。我永远称呼他为江子文，他永远叫我亲爱的冯，每封信里讲的事情都差不多，零零散散，和生活本身一样零零散散。

桌上的瓷杯里放着两枚弹壳。瓷杯是我高中的时候买的，上面写着“人生就是一场修行”。弹壳是我大学军训时打靶留下的，捡它们的时候没想过会那么烫，在我手上烙出了两个小泡，直到现在还有白亮疤痕，提醒我永远不要过于心急。写不下去的时候我从瓷杯里拿出弹壳，拿在手里看着。弹壳很凉，有些粗糙。也不知道当时是怎样想的，居然要去捡这样的东西。我觉得现在是没必要心急了，没有什么话是非说不可，所以又把之前写下的内容删掉许多。我花了很长的时间，这封信依旧没有写完。

几天后，江子文来宿舍楼下接我去看电影。我坐在自行车后座，搂住他的腰，闻到一股洗衣粉的味道。

“抱紧我，”他说，“再紧一点儿。”

我收紧胳膊，侧脸贴在他背上。大衣的质料很光滑，让人感到莫名的温暖。

路旁的行道树不断落叶，叶片像是流星般，不可捉摸地，一枚枚毫无规律地落下。我有点儿想要许愿，但觉得这样的行为很傻。

江子文说：“你还在写那封信吗？写得怎么样了，我很期待。”

我不知道该怎么回答，就什么都没说，只是又紧了紧胳膊。

他没再问下去。

[2]

那是场很无聊的电影，导演似乎想要同时讲述很多个故事，但哪个也没有讲清楚。江子文边看边玩手机，手机屏幕的光刺得我眼睛有些难受。我稍微偏了偏头，觉得很困。

看完电影去吃饭的时候，我问江子文还记不记得我们是怎么在一起的。“是因为那场流星雨。”他回答。餐厅暖黄的灯悬在我们餐桌正上方，他的眼睛湿漉漉地含着光，所有表情都变得美丽而生动。

那天晚上据说有流星雨，峰值在凌晨三点。他告诉我这个消息，然后问我感不感兴趣，时间到了他可以叫我。其实完全没必要，闹钟设定起来并不麻烦。接到他短信时，我开完例会正往宿舍赶。路灯的暖黄从树枝间漏下来，漏在路面，漏在路面的积水里。我觉得很累，太阳穴隐隐作痛，抬起头看了天空几眼，发现云层很厚，被灯光映得发红，万里无星。然后我回复他：“很感兴趣，那你早点睡。”

其实从我的宿舍里望出去根本什么都看不到。没有云也没有月亮，醒来后我穿上很厚很厚的衣服，把自己裹成球状，觉得并不算冷。凌晨三四点的校园很没意思，没有人，只有路灯还亮着，一直和他聊着我才没睡过去。很困倦，觉得自己头颅深处正传来一阵阵闷痛。他肯定比我还要困。

江子文的声音在发抖。

“你冷吗？还是很困？”我问他。

“我觉得不能再这样下去了，你别打岔。”

这次我仔细听了听，他的声音确实在发抖。

“你刚才没有反驳，那你就是也喜欢我。”

他刚才一直在讲我们最初是如何相识。看话剧时与邻座闲聊，留下联系方式；每晚的短信，一封封的邮件；每周一次的见面。我不知道这些有什么需要反驳的。我向他承认，自己确实没有反驳。他声音抖得更厉害了，语气很急，说他也想不到最后会是这个样子，我们居然能这样遇到彼此。

不久之后一个周末的上午，接到他电话说让我去阳台。楼下有一群人在笑，看见我后热烈地鼓掌，但我不认识他们。地上是大束玫瑰花——大到我不可能抱起来——被寒风吹着，有的花苞还没有开放。我穿着睡衣站在阳台上。风不算大，刮起来却特别冷。我觉得自己浑身都在疼。他站在最前面，举着一个小方盒。盒子里大概是戒指。有人在尖叫，是我舍友跟着跑出来看热闹。她们兴高采烈地把我拉回宿舍，告诉我要抓紧时间换衣服，赶紧下去。这无关紧要，他总会等的。我来到楼下，身后跟着一群人，有些我认识，有些我根本见都没见过。我向他走去，莫名其妙地觉得难堪，而做出的表现却更像是羞涩。他打开那个盒子，单膝跪地，仰起脸来看我。

我放下刀叉，觉得双手空落落有些别扭，就又把它们拿起来，随便切割着盘子里剩下的菜叶。江子文复述着当时的场面，脸色微微发红，好像有些激动。

我看着江子文的脸，想起了王贺。那天王贺的脸被寒风吹着，也显出这样的颜色。他站在宿舍楼下，对我说，这事他知道，他不想知道，他不敢告诉我，每次看见都特别难受但他就是不敢告诉我。我站在离宿舍门几步远的位置，想赶紧回去把一切都忘掉，可是整个人都动不了。我还记得那个女生是怎样笑的，笑着拉住江子文的手。他们总是在一起吃饭，总在一起。他们已经在一起了。那晚王贺告诉我，江子文身边的那个女生是他新交的女友，在他们学校谁都知道。那晚我发短信给江子文，告诉他我很难受，他过了很久才回复，问我为什么。我告诉他我正在思考原因，还没思考清楚。他说不知道该怎么安慰我，似乎所有安慰对我都不会起什么作用。

江子文似乎已经说完了，周围突然安静下来。我想要说点什么，但感觉喉咙发干。喝了几口饮料，嘴里是黏腻的甜味，牙齿隐约作痛。外面的天色早就暗下来，像是有一团墨色在天宇间晕开。

我问江子文能不能把窗打开，这里有点闷。他说外面太冷了，风也很大。他说得很正确。我向他道歉，说自己总有些古怪念头，难为他忍受了这么久。他盯着我看，然后慢慢地把窗推开一条小缝儿。寒风从缝隙中涌入，发出尖锐啸音。

“外面真的很冷。”他说。

桌上的饭菜被风一吹都凉了，没法再吃下去。

“走吧。”我说。

[3]

昨天晚上我做了个很古怪的梦，被成群的落叶追赶，它们飞舞着，发出瑟瑟声响。我在森林中奔跑，然后遇见了胸口有月牙图案的黑熊。它举着一枚红叶坐在草丛里，似乎在等我，眼神非常忧伤，湿漉漉的，让我想起了江子文。

醒来后我在床上又想了很久，试图弄明白这个梦在暗示些什么。

熊怎么会像江子文呢？我喜欢你，就像喜欢春天的熊，是这样吗？想着想着，就觉得一切越发不可理喻。这是一段不可理喻的爱情。

我从上上周开始练字。

把同一个笔划练上很多遍，几小时后便收获了很多死气沉沉的废宣纸。我把它们一沓沓收在书桌底下，看书的时候能闻到很浓的墨汁气息。很久以前我能从江子文身上闻到相似的味道，可是现在连记忆都变得模糊。江子文自己也是很久都不再练字了，因为学业繁忙，学生工作也很忙。有一天，我发现写字台下放满了废纸，心情突然低落起来，就打电话给江子文，问他有没有时间来陪我走走。他想了几秒，然后答应。

黄昏时分，我们手拉手走在校园里。之前我们很少这样做，总是在发短信，彼此都有自己的事要忙。天边有个小而圆的太阳，亮亮的橘红色，像厕所昏暗灯光下烟头的火光，不同的是它平稳地燃着，没有闪动。

他在讲些什么东西，声音很低，我有点儿听不清楚。这样也挺好，他说他的，我回忆我的，谁也不打断谁。后来他不说了，这种嗡嗡的声音在我耳边消失。我转过脸去冲他微笑，他捏了捏我的手。

我们走到了情人坡。江子文抱膝坐在长椅上，四肢柔软地缩起来，那么高的人，此时却像个还未成长的少年。我不坐，我就站在那里看着他。俯视他的机会真的不多，这个角度是陌生的，让他似乎也变成了一个陌生人。上次我这样看他的时候，他手里拿着装戒指的小盒子。他又开始讲话了，这次我听进去了一些，是他小时候的事情——他从二楼的阳台上掉下去，却有惊无险。我听了只觉得心烦，这都是些无用的信息。没什么可担心的，他现在好好地站在这里，说明所有的危险都过去了。不要再谈论这些了，这些不重要。重要的是我们相遇了，我们相爱了，此时此刻我们在这里。

我告诉他我根本就不关心这些。

他仰起脸来看我：“冯，我现在有点儿怀疑你是在故意折磨我了。”

我没有，我觉得我没有。

“亲爱的冯……”

他这样呼唤着，从长椅上起身，给我一个轻轻的拥抱，胳膊很虚地贴在我腰上。冬夜的空气从这手臂与腰的空隙间慢慢渗入，还是很冷。

回去后，我决定给他写信。已经很少用笔，这么多年过去了，字迹毫无变化，还是向右倾去。我把信纸撕掉，试图一笔一划地重写，但效果与之前相差无几。于是我决定妥协，就这样继续写下去。这次写得很快，依旧是充满了无关紧要的细节。最后在信封上写好地址、收信人、寄信人。字迹里充满了小心翼翼，像是初恋少女的情书。或许就是一封情书，我把一切都没有写清楚。他没法从中猜测出我到底在想什么。我并不担心它会被弄丢。这正好是一场考验，江子文，所有弄丢了的东西都是不值得留下的，是生活将它们淘汰了。

写完信后，我觉得眼睛开始疼，好像有泪水泛上来。大概是因为台灯的光太亮了，信纸太白，我又盯着它们太久了。

[4]

接到江子文电话的时候，他已经来到了宿舍楼下。从他们学校到我们学校坐火车也要三个小时，现在是早上八点。我不知道他为什么要这么着急。

“我昨晚才接到你的信。”他说。

“九点的时候我要去实习。”我说。

他坚持要送我去地铁站。我们步行在校园里，路上的落叶已经被打扫干净了。早晨的阳光从树枝间滑落，光影在我们身上浮动。我想起初中时背过的句子“日光下彻，影布石上”。我们像是两尾不知游往何方的鱼，每时每刻都浸在这浮世的冷水里。

“你爱我吗？”他问。

“有段时间是爱的。”我答。

“现在你爱我吗？”

“或许不爱吧。”

“为什么？”

我不知道该怎么回答，就又补充说：“或许爱吧。”这句话和“或许不爱吧”也没什么区别。

“为什么？”他不断问着。

“因为我觉得我爱你爱得太不值了，总要自己再捞些什么回来。我很讨厌练字。对它的厌烦，会逐渐损耗掉对你的爱。总有一天我就可以不再爱你了。如果那天是在很远很远的以后，或许我还可以学会一门技能。爱是那么有用的东西，为什么不好好利用？”

“事情有那么简单吗？白痴。你之前从没谈过恋爱，根本不懂这是怎么一回事。”江子文一边唠叨着，一边把手套摘下来递给我。

手套带着让人恶心的温热，像被坐热的凳子。我把手套拿在手里，过了会儿才戴上。

他把手缩进衣袖，放进口袋里，不再说话，只是向前走着。我放慢了步伐，他也跟着走得越来越慢。已经能看得到地铁站，没多少路可走了。

“我应该直接打电话给你。”

“不用，没什么想说的。”

“这种感觉没法用语言表述，听到呼吸声就足够了。”

“听不到呼吸声，我呼吸很轻。”

“不管你怎么说，不管你说些什么我都会承认。因为我让你难过了。”他语速很慢，字句清晰地说，语气里有种难得一见的真诚。可是这没有用。

“你太傻了，江子文，正常人是不会这么傻的，傻到有些假了。”

“是不是真的，你又怎么知道？”

“我们都太年轻了，这些都是真的。”

“你的话毫无逻辑。”他轻轻捏住我的手腕，语气有些急。

我想起了上次他语气很急地说的话，他也想不到最后会是这个样子，我们居然能这样遇到彼此。我们谁也想不到最后会是这个样子。

“本来就毫无逻辑。你抓紧时间回学校吧，我也有自己的事要做。”

他叹口气，慢慢松开手。我把手套摘下来递过去，向后退了一步。

“我做错过很多事，然而我需要你。”他接过手套，把它们塞到口袋里。他的语气里似乎有什么东西冷了下来，我觉得自己在面对一团慢慢熄灭的篝火。曾经可以在它的光辉下狂欢，用它的温度取暖，但现在它变成黑炭变成白灰，我却只能这样看着。

在这一刻，我们又变成了陌生人。我不认识他，所以没必要怀疑他。他不认识我，所以没必要骗我。我们俩面对面站着，怀着一种美丽的真诚。他的眼睛不算大，湿漉漉的，目光柔和得像是一头小鹿。

告别的时刻已经到来，我转过身离开。地铁将要到站，从隧道远处传来风声。

等待着上车的人很多，一大团一大团地挤在那里，我还想再等一列。可是身后的人都太过心急，车门一开就推搡着向前行进。我莫名其妙地移动起来，最后被推了进去。

地铁是穿梭在地下的怪物，我们都被它吞到腹内，拥挤在一起，谁也不认得谁，谁也不记得谁，在彼此模糊的记忆里变得面目全非。我一张张看着周围人的脸。有人长着和他相似的鼻子，有人长着和他一样湿漉漉的眼睛。有人看上去很像他，但终归不是他。

[5]

后来我才知道，那天江子文回宿舍后找王贺打了一架。那天下午王贺打电话给我时，并没有提到这件事情。他只是问我心情如何，然后讲了几个笑话，尽到了作为朋友的安慰职责。

后来我独自去看了那场音乐剧，提前两个月就把票买了，准备约会的时候看。那时还不知道会分手。

天气预报说有雨夹雪。担心回程艰难，我带齐了雨衣、雨伞，又往包里塞了件厚外套。如果是和他一起去看，可能会特意不带这些装备。即使回去后生病发烧，和他一起经历真正的风雪也是挺有意思的。

出发的时候，天还没全黑，但是路灯已经亮了，很温暖的一排。我觉得自己不像出门，反而像朝着某处归去。来不及吃饭，在路上买了两个面包，等地铁时狼吞虎咽地解决掉了。

提前半个小时进场，不允许携带食品或饮料。进场后我无事可做地等在那里。无数陌生人走了进来，无数空座位慢慢被占满。我们都坐在这里，很有耐心地等待着开场。我身边的座位始终是空的，那张多余的票被我放在了书桌底下，和几摞厚厚的宣纸一起。

多年以后才知道真爱是谁
这是傻瓜都能拥有的智慧
多年以后才知道为爱后悔
这是恶棍都能拥有的美德
可是已经无路可退

这部剧讲了个很虚伪的故事，里面的每个人都很愚蠢，不明白该如何为生活做出选择。

灯光下，每个人的面孔都白花花一片，五官鲜明，喜怒哀乐都夸张到毫无意义。两个人激烈地争吵，像所有音乐剧中一样，吵着吵着突然开始唱歌。

关于那些我说过的爱你
现在想起不胜唏嘘
关于那些我说过的爱你
现在听来像是儿戏

最终没有雨雪，什么都没有。空气干燥，冷风横行，那些蕴含水分的云不知所归。路旁的宿舍楼，很多窗口都亮着灯，远远看上去就像垂近平野的星辰，就像黑暗中含情脉脉的眼睛。

在回去的路上，我很慢很慢地骑着车，途经一对吵架的情侣，女人语气冷淡地说：“你总是对我缺乏耐心。”男人辩解着，从声音里能听出哭腔。我有点想要回头去看他们，但还是没有。

冬天风很大，风里不再有叶子，我的车筐里只留着两三张广告传单，估计还是在停车棚里被人放进的。我懒得扔了，不去管它们，但总有一天它们会消失。车筐永远也不会变满，总有人会看不过眼，来帮我把它们清理出去。

宿舍楼花坛边上放着很多只空啤酒罐，整整齐齐，气势非凡。停自行车的时候闻到浓重的酒味，我才抬头看见它们，数了数，共十七罐。如果是一群人喝掉的，大概才刚到微醺，足够让人有勇气装醉，在马路上边走边高歌。如果是三四个人喝的话，足够让人情绪崩溃，大喊大叫，然后抱在一起痛哭流涕。

如果是一个人喝的话，大概会醉得连梦都做不成。他会默默起身，晃晃悠悠地不知走向何方，最后跌倒在地，直接在外面睡上一宿。第二天在日光灰蒙的时候就醒来，浑身冰冷，头痛。

很久之前，江子文曾问我为什么不爱他，现在我依旧不知道问题的答案。但是如果他现在再问我一遍，也许我会告诉他实话，我也不知道。我不会再故作聪明地为自己找什么借口，去为年轻时做下的傻事辩解。

年轻的时候，我们总喜欢向陌生人奔去，总是被莫名的激情催促，总是被孤独的错觉吸引。那时候我们总能看见一条通往远方的街道，总以为在路上遇到的人就是自己终生的知己。

我们太懒惰了，没有仔细去看、仔细去想。世界从不简单。

许诤狞与莫等闲

[1]

我是在图书馆收到那朵玫瑰花的。

那天我决定临时抱佛脚，捧了一堆教材正在自习，突然被人叩响了桌子。抬起头的时候，许狰狞正冲我身边的莫等闲笑得灿若夏花。她把一只玫瑰直接塞到我手里，脸上依旧是灿烂温暖到不怀好意的笑容，不出声地说了句：“祝你们幸福。”

我也不出声地回了她一句：“爷比电线杆还直，这是我室友！”

她点点头，补充说：“百年好合。”

等这位爷走了，莫等闲从我手里夺过去那支玫瑰花，仔细看了半天，问：“这是什么意思？”而我只能故作玄虚地笑笑，装作自己知道。

后来我才在人人网上根据群众们发的状态，大体想象出了那天发生了什么。有人当众向许狰狞表白，手里拿着一大捧玫瑰花。恶俗。恶俗到没了边儿，目不忍睹。但许狰狞只是笑了笑，说同学你很有勇气啊，我欣赏你。说着伸出手去，自然而然地与那人一握，接下了那束花，来了图书馆，把花一支支地送给了自习的情侣们。不在乎的东西，不如送给喜欢的人，是她的风格。不分场合地乱开玩笑，是她的风格。

那天晚上，莫等闲不知道哪根筋搭错了，主动给我讲题，问东问西，简直被许狰狞的乌鸦嘴诅咒，摆出了要跟我百年好合的架势。

我说莫老大停停停您究竟想干嘛烦请直说，小弟我诚惶诚恐承蒙厚爱受之不起。

莫等闲犹豫了半天才问：“你跟刚才那同学是……怎么认识的？”

[2]

关于我和许狰狞如何相识……事情是这样。

去年学校吉他社那群人头脑发热地组建了个乐队，最后只缺贝斯手，为了吸引眼球招揽人气，顺便也招主唱，指望着哪个想要出名的漂亮妞能在面试主唱的时候拐个贝斯过来。

当然结果是漂亮不漂亮的妞都来了十几个，贝斯手一个都没有。其实有一个……刚学了半年就被忽悠过去的渣渣，我。

那天下午我被叫到了他们的练习室里，接受了一堆人唾沫横飞、热血激昂的洗礼，终于决定踏上“贼船”。在所有人终于松了口气，觉得大功告成的关口，许狰狞出现在门口。

乐队队长一愣，态度和蔼地说：“姑娘你是长得挺好看，但我们不招主唱了。”

许狰狞说：“我不是想当主唱啊。”

队长顿时激动，松开揽住我肩膀的手，“看不出来啊女侠，你竟然是个贝斯？”

许狰狞说：“我也不是贝斯，我只是简简单单地看到了你们乐队的招新告示，然后觉得自己需要来给你们指引下道路——没看见我抱着古琴嘛。”

反正最后的结果是，许狰狞成功地以古琴演奏者的身份加入了乐队，成为乐队走向民乐混搭道路的第一推动者。

作为我们学校的风云人物，许狰狞的名字起得这么张扬，不广为人知都不好意思。

她爸妈据说是搞艺术的。当年生下她时，许爸说名字其实和人没多大关系，不然干脆叫个俗点儿凶恶点儿的，才能与世抗衡；又思考了几秒，说就叫“许狰狞”吧。而许妈当年除了敢爱敢恨吟诗作对外，本质上是个很好骗的傻妞，没觉得这名字有任何不妥之处。

许狰狞这名字是够凶恶……不过哪里俗了，谁来解释下？

这些事都是熟悉起来后，许狰狞自己跟我们讲的。她说，听五分钟故事给五百块钱。

我们纷纷表示你是搞艺术的，怎么还好意思这么俗，整天谈钱不钱的。

许狰狞以一种夸张无比的姿势端起酒杯抿了口长岛冰茶，假笑了下说：“我是不在乎钱，但你们在乎啊……我数到十你们再不反驳就算成交。十……。”

我们只买得起五分钟，之后的事情只能靠脑补：许狰狞就顶着这个名字长大，一路霸气侧漏把周围人虐得满地找牙，总是喜欢抢走别人在乎的东西。而我们认识许狰狞的时候，她那些戾气、霸气、匪气早已经内化于无形了，黑长直中分，看上去小姑娘温婉乖巧，随随便便说句话就能噎死人，抱着把古琴行走江湖，人称“许爷”。她赚走听故事费后，非常豪爽地替所有人买了单，其实自己还倒贴了点儿。

而莫等闲，莫老大，是我们电子系数一数二的学霸，思维活跃，态度诚恳。空长了一米八的个儿，没有胸肌也没有腹肌。爸妈倒都是理工科出身，想方设法让孩子走文艺路线……万分慎重取了这个名字，“莫等闲”，觉得又有涵养，又很励志。

不知道你怎么看，反正我认为这名字给人的感觉和“王美丽”其实不相上下，都能让人一口水喷出去，觉得这孩子很容易用脑过度“白了少年头”。

那天晚上，在图书馆，两个人就这样莫名其妙地相遇了。

说实话，其实我觉得他们还挺有缘的。至少这名字都不像是亲爸妈取的。后来我在那种查重名的网站上搜索过，全国有三十六个莫等闲，只有一个许狰狞：到底还是搞艺术的人别具一格，随便开开脑洞，这境界就甩了别人十万八千里。

或许要向你们介绍下我的身份：王牧宇，男，二十四岁，许狰狞的好基友。没错，许爷的好基友，不是备胎……我从没见过比她还爷们的爷们。从这种意义上说，或许我该叫莫等闲——嫂子。我和我嫂子是室友。介绍完毕。

[3]

春天，野生动物们纷纷到了发情期，而许狰狞和莫等闲也不知道怎么勾搭来勾搭去地走到了一起。

得知这个消息，江薛相当激动：“真是好事。”我说当然是好事了，终于有兄弟脱单了。江薛说不是的，莫等闲谈起恋爱后说不定会分心，像他这样的千年第二就能翻身当家作主了……跟这些学霸当舍友，我也是醉了。

随后，我和江薛开始打赌会是谁和谁提分手。打天下容易守天下难。同理，相爱容易，相守难。人在自己所爱面前会不由自主地卑微。许狰狞和莫等闲一路走来都是高傲惯了，肯定对卑微之类的情绪并无好感。

半个月后先是莫等闲提出分手，我变成债主过了把天天讨债的瘾，从江薛那家伙手里夺下两千元顺利给自己置办了iPhone 5。

结果三天后他们就和好了，后来又以迅雷不及掩耳之势，许狰狞提了次分手——局势逆转，江薛死皮赖脸地非要把那钱讨回去，坚称我们两个都说对了，只能算平局。

先是他分了她，又是她分了他。现实就是这么无聊。

为了不伤害舍友间亲密的友谊，我只能选择还钱。这就是为什么我吃了半个月的泡面。

那天我在宿舍里用特意从水房打来的新鲜开水刚刚泡上一桶正宗的小鸡炖蘑菇面，就被莫等闲一个电话叫出门去。

“什么，你再说一遍？”我边哀号边认命地换衣服，觉得自己实在是悲催透了，上辈子欠了什么巨额的债，这辈子要含辛茹苦地还。

“陪，我，去，给，学，妹，排，礼，物。”他扯着我硬生生排了三个小时的队，只为给许狰狞买两张最佳座位（凭学生证购票，每人只限一张）的歌剧票。座位真的是最佳，他虽然没去看过，但他可以查资料；排队的时间虽长，但他可以站着看书。这种事情交给他来完成简直理所应当……不，其实作为一个学霸，他总有能力把任何交给他的事都完成得理所应当。

至于我试图和旁边排队的妹子搭讪三小时未果——嗯？这发生过吗。

回宿舍抱怨两句之后，我又被江薛嘲笑了整整一个小时。他问我："你知道为什么莫老大这次叫你去帮忙没敢叫我吗？帮我买份宵夜就告诉你。"

我说："我不向邪恶势力屈服，我不想知道。"

江薛说："没关系，我刚才已经把你囤的牛肉干吃掉了。其实原因很简单，我已经帮过他了，买票这个主意就是我替他出的。"

我说："不是吧江富帅，你根据自己丰富的感情经验分析一下，许狰狞是会被两张票贿赂的人吗？"

江薛呵呵一笑："根据我丰富的情感经验，就冲你这提问的视角，基本可以判断你要'注孤生'了。是票不票的事儿吗？如果是你的话，估计票留下你可以走了，而莫等闲只要出现在许大小姐面前，说句对不起就能携手甜甜蜜蜜一起看歌剧去。"

我说凭什么啊。江薛说人家长得帅啊。

在和许狰狞刚确定关系的那段时间，莫等闲似乎具有了一呼百应的能力，每次出去玩时，人都会越叫越多，越叫越多，其实全都是想围观下许狰狞的，不认识她的想认识下品种这么特殊的妹子，认识她的想知道品种这么特殊的妹子谈起恋爱会是什么样子。我当然属于后者。

莫等闲似乎对此无知无觉，或是表面无知无觉暗里万分得意。至于许狰狞，当然是不管表面还是暗里都很嘚瑟，幸福得像任何一个刚陷入爱河的姑娘。

每次聚会我们都软磨硬泡，而许狰狞也就坦白了他们如何走到一起的故事。总共五个版本，跌宕起伏，毫不重样。以我对她的了解来看，没一个是真的。

而莫等闲在我和江薛的联手轰炸下坚持了半学期，才终于揭露了真相。是他先表白的，后被许狰狞直截了当地拒绝了，说自己早有喜欢的人了，然后丢过来一个信封，说写在纸上的是自己的心上人的名字，等他觉得能接受现实的时候可以打开看看。

莫等闲说那天晚上回家后他打开看了，里面就是张白纸。

我问："她这么大了都没喜欢的人？"

莫等闲看着我，那眼神像是说："你难道是白痴吗？"

我也诚恳地看着他，意思是说："没错，你才看出来我是白痴吗？"

莫等闲说："我在那张纸上写了自己的名字……然后拿着去找她表白了。她自己说的，纸上写的是她心上人的名字，现在纸上写的是我的名字了。"

我说："我不是地球人吗？我现在应该还在地球上吧？你们俩是火星来的？"这句话后来被莫等闲在各种场合嘲笑过我无数遍。

[4]

这俩人总会花样百出地秀恩爱，段数之高令人发指，在周围人中独树一帜。有这样的朋友，我们也跟着长了很多见识，去KTV的时候把什么民谣啊老歌的听了个遍：许狰狞是喜欢，莫等闲是平常不听歌，所以听什么都喜欢。

那天我们一群人呼啦啦地跑去颐和园看大黄鸭，又是划船又是爬山，累得半死，吃饭的时候全都眼冒金星，只吃不说话，就这两位爷还像所有热恋中的情侣那样，有着匪夷所思的旺盛精力，含情脉脉，打情骂俏。他们说着，我们听着。

许狰狞说："莫少爷莫少爷，我要吃虾。"莫等闲就帮她剥好，仔细地剃干净泥肠。

许狰狞说："莫少爷莫少爷，你准备赏光宠我几年啊？"

莫等闲说："一辈子。"

这庸俗平常的回答显然已经超越了许狰狞的忍耐极限。她突然站起来，绕到莫等闲座位后面，捂住他的眼睛。许狰狞说："你别玩那些虚的，别说那些瞎话，我只要你爱我这一秒。你先尝试着回忆一下。春天草地的味道，夏夜的微风，你妈最拿手的菜肴，小学时放假的第一天，你会背的第一首古诗，第一次特意早起看到的朝阳……然后把所有这些感觉都汇总到一起，然后加到我身上。这一秒，你的世界里什么都没有，甚至你自己都不再重要。只有我，只爱我，我就是一切。你能不能尝试着这样做，哪怕一秒？"

莫等闲说："好。"片刻，又说，"好了。"

许狰狞终于笑了，笑得又开心又张扬，笑得像是占了什么天大的便宜，笑得让人心里不禁咯噔一下开始反省自己是不是又被算计了。

她说："这下，莫等闲，你一辈子都不可能忘掉我了。"

莫等闲说："好。"

那天晚上回去的时候，江薛说："莫老大，你找的这个女朋友还真挺有意思的。"

我说："那是我先找的古琴伴奏，我更有眼光。"

那时候我总有种奇怪的感觉，觉得许狰狞的身上有一种魔力，能让那天在场的所有人一辈子都忘不掉。

那时候，我看着他们以常人无法企及的方式互相理解，看着他们秀恩爱秀得让人瞎眼，完全想不到，一年后莫等闲宁可半夜出去跑个三万米，也不在我提起许狰狞的时候面如死灰地说他们分手了，这次是真的。

[5]

至于后来的那些矛盾，其实也不能怪他们。恋爱这东西，谈一个月可以头脑发热，谈一年就要开始正视现实：矛盾很鲜明，矛盾很尖锐。

莫等闲占据了多项惯常被人歧视的身份标签：农村，属羊，处女座。这几项标签，分别遭到了许狰狞妈妈、姥姥、室友的强烈反对。

但许狰狞就是喜欢他。有次我们到外面玩，在地铁站等车的时候她接到了家里的电话，直接朝电话里吼："农村怎么了，艺术来源于劳动人民。"

许狰狞挂上电话气鼓鼓地跑过来，毫不客气地直接挽住了莫等闲的胳膊，不知道是在向谁宣告主权。

莫等闲勾起嘴角："哟，你这殷勤献的……跟小丫鬟一样。"

"……哟莫等闲，好样的，你这么说是在欺负我吧？"许狰狞像猫一样慵懒地凑过来，在莫等闲脸上捏了下。莫等闲居然还真让她捏了……

莫老大威严何在，作为职业小弟，我决定拍案而起维护我大电子系的尊严。

“你想怎样？”莫等闲侧过脸去看她，眼里含笑。这已经剩不下什么尊严可以维护了，我决定还是在一旁默默地看着。

“……我想给你记着账，次数够了就把你甩了。”

“……多少次啊？我好有个心理准备。”

许狰狞斜过眼来瞄着他，说：“三百万次，不多，省着点儿用啊。”

莫等闲笑了，他觉得额度这么高，这辈子都用不完了。许狰狞当时应该也是这么想的。

我们都是这么想的。

在所有信誓旦旦说要相守的年轻人里，有多少能足够幸运到和初恋情人携手走完一生的？其实我们心里都明白，这两人估计只是玩玩而已。即使他们自己好像不是这么想。

江薛和我其实私下也讨论过。用他的话说，莫等闲这样的学霸，也就在保完直博的大四才有心思谈谈恋爱。事业心那么重的人，以后一门心思扑在学术和实习上，根本顾不过来那么多。

何况我们才二十出头，第一次就遇到真爱是多么微乎其微的概率啊，万一以后碰到更好的了呢？碰到更爱你的或者你更爱的或者更合适的呢？谁也没法保证啊，未来那么远那么不定。谁都不傻，都知道变数太多，自己许不下一生。

二十多岁的时候不折腾，难道要养精蓄锐等老了再出轨闹离婚分财产啊？只想把所有荒诞集中在二十出头的年岁里消耗干净，然后本本分分地做个生活的顺民。

许小姐和莫先生携手折腾，而我在五月份的凌晨终于丢失了睡眠。

那时候江薛找到实习单位后已经搬出去住，宿舍里只剩我们两个人。半夜突然亮了下灯，然后是关门声。我睡意模糊挣扎着朝莫等闲的床上看了一眼，空的。

睡到一半时觉得不太对，再睁眼时已到破晓时分，暗淡晨光下能看清莫等闲正坐在书桌前，憔悴无辜地看着我。那眼神真的很无辜，就像每时每秒都在问“怎么会这样”。

他和许狰狞又吵架了。至于原因，好像是许狰狞又一次接到爸妈勒令分手的电话，干脆买了票拉着莫等闲回了趟家准备摊牌。许爸到国外办展览去了，许妈应该是和许狰狞一个脾气，心高气傲，见面后彬彬有礼地把莫等闲晾在了一边，火花四溅没吐脏字地和许狰狞吵了一架。从家里出来后，莫等闲又接着和许狰狞吵了一架：他接受不了许狰狞对家长说话的态度。

许狰狞说：“我爱我妈我更爱真理，我妈观念不对我凭什么顺着她来，我和爸妈从来是平等对话、理智探讨。”

莫等闲说：“不管怎么样，那都是你妈，做子女的孝顺一点儿有错吗？”

现在，过去了那么多年之后，我可以想象那对于二十一岁的许狰狞来说是个怎样的瞬间：前途一片迷茫，众叛亲离百无可依。真相砸在了她眼前，如果和莫等闲在一起，他们终将会彼此嫌弃。她要去给孩子洗尿布，给婆婆倒洗脚水……三从四德，相夫教子。这没什么不好，但她之前从没想过自己的生活会是这样。

所以她才会再次和莫等闲分手，并把一切联系方式加到黑名单里。

现在的我已经可以理解。但在当年，我和莫等闲一样觉得她就是个喜怒无常的矫情妹……以及，害得我睡不好觉的疯子。

莫等闲说："她根本不讲道理，直接数到了三百万。"

我脑子嗡嗡嗡地运转了半天，才解析出这句话的意思：许狰狞就像之前的每次一样耍赖，在莫等闲又一次惹她生气时，直接从二十二次跳过了二十三到两百九十九万九千九百九十九，然后直接数到了三百万，然后果断甩掉了莫等闲。

三百次的份额，一眨眼就用光。一年半感情，分分钟断掉。

我坐起身子揉揉眼睛，问他打算怎么办。

莫等闲想了很久，说要把她追回来。

[6]

什么叫般配？有的时候吧，你是那缺了一角的圆。你的世界不需要另一个圆，只是需要那一角。许狰狞这种喜欢折腾的人，配莫等闲刚刚好。她心高气傲地仰望星空，如果没莫等闲这种脚踏实地的人拽着，早晚要掉到坑里。

而莫等闲如果没有许狰狞……或许能生活得更加安然无恙。

他要世俗烟火，她要流水知音。也说不上哪个好哪个坏。你觉得我幼稚，我觉得你功利，总之是相看两厌。

这次的问题不是几张歌剧票就能解决的了。我们本意是撮合下把他们俩叫出来，却见识了一场剑拔弩张的阵势。

许狰狞的意思是，就别耗着了，拖累。"你说罗密欧和朱丽叶的相爱就隔着不可逾越的鸿沟吗？人家好歹都是当地望族大户，知识背景、修养储备都差不多，郎帅女美，三观相合，相爱也就相爱了。你再看看咱俩这样的，我懒得去什么四大投行外企，你也不关心什么艺术文学展览，都不愁找不到更好的，何必非要抓着不放呢。怎么办啊？你说怎么办啊？”

莫等闲说：“为了你，什么都可以。”

许狰狞说：“别开玩笑了，什么叫‘什么都可以’，我真让你跪下你来啊。”

莫等闲不说话，直直朝她跪了下去。

而许狰狞愣愣地看着他，浑身都在发抖。我觉得她可能在出冷汗，真的，整个人的脸色都不太对，就像是突然得了什么重症却兀自忍着，前一秒纹丝不动，下一秒就要倒地昏迷。

她动了。不是倒地昏迷，而是上前一把扯住莫等闲的衣领，咬牙切齿地说：“莫等闲，我要的是平等，你跪着的话还拿什么来爱我啊？”

莫等闲眼眶直接红了。我上次见他哭还是打篮球时摔断了胳膊，送去校医院的路上，疼的。谁也猜不到他心里有多难受。

没人敢说话。

许狰狞又动了。这次她也跪了下来。她跪在莫等闲面前，一字一顿地说：“势均力敌的才是爱情。”

然后在众目睽睽光天化日之下，她站起身、拎起包直接走了，临走前甩下十个字：“莫等闲，我们遇到得太早了。”

不对，是十一个字。我当时也醉了，没数清楚，只是挣扎着跟了出去，一厢情愿地要送许狰狞打车回宿舍……实际上是死皮赖脸地把许狰狞从出租车的副驾驶座上赶到了后排。

一路上我始终扭头看着她脖子都要扭伤了，苦口婆心地想劝她看开点儿，以后会遇到更好更合适的。

“我当然会遇到合适的啊，实在不行就去相亲。找伴侣，这是人生中最重要的一次搜索，凭什么迁就？凭什么适可而止啊？”许狰狞喝完酒，脸色反而煞白。她坐在后座上，像个饱受惊吓的少女，吐字清晰地提出质疑。

然后她四处张望了一下，似乎才意识到莫等闲不在车上，不在她身边。

“不，我要回去。司机叔叔你开回去！”

司机叔叔也是见惯了大风大浪，根本不理她。

“开半小时了，怎么还没到？你迷路了吗？你在绕路骗钱吗？”许狰狞闹了几句就安静了下来，可没过多久突然拿出手机，认真地看了看时间。

司机没太在意她的问话，敷衍的回答：“堵车。”

那天直到下车，许狰狞一直在问，是不是我再也回不去了，再也见不到他了。

如她所料。这次莫等闲也死了心。说实在的，这些年来追他的女生也不少，他早就学会了如何摆出男神范儿。谈个恋爱走到今天这地步，难堪；再哭哭啼啼抓住不放，更难堪。所以只能认了，你说什么就是什么，你说没办法了那就没办法，说声拜拜，各自珍重吧。

于是他将她的微信直接删除，腾讯QQ、人人网全部拉黑。也不能怪他毫无风度，眼不见心不烦，遗忘得快点，伤口才能好得更快……他从来是个效率至上的实用主义者。

在我看来，许狰狞就是在那时候开始崩溃的。明明是她提出的分手，现在她却成了最伤不起的那个人了。

[7]

两受相遇必有一攻，两渣相遇必有一从良。

只是我没想到莫等闲会那么顽固……也没想到最后竟然是许狰狞选择了从良。

那段时间里，莫等闲发现自己认识的人变成许狰狞认识的人的真子集——似乎人人都认识她，人人都在谈论她的事情，不管知不知道她喜欢他。

许狰狞的爱就像是九个太阳，升到空中正大光明地展示给你看。一颗不信的话，两颗；两颗搞不定的话，三颗……莫等闲的天空里明晃晃挂着九颗太阳，简直要寸草不生。

她就是要一下烤干所有水分，然后若无其事地离开。你若是喜欢，就要像夸父追日那样去追，追得上追不上全看造化；你若不喜欢也躲不开，除非能耐大得像后羿那样，把太阳一个个射下来。

“极尽娇宠”，这个词竟然能用到女生对男生身上，我也是头一次听说。但这个词用得真的很贴切。他想吃的东西天天被送到宿舍，他怕冷就电热手宝、发热毯、围巾手套一应俱全。

许狰狞是那种傲慢到骨子里的人。但她可以服软，可以对莫等闲百依百顺，对任何事情都无所谓……可是，哪怕你让她跪在你面前，而她真跪下了，你也不会觉得自己已经征服了她。

因为你知道，她之所以跪下只因为她现在愿意，而她随时都可以站起来。她下跪的姿势里都浸透着傲慢。

她给不了莫等闲安全感。

旁人看着都心疼。我说："姐，你别追了，你说说周围倒追的有几个好结果？"

"我这不算倒追。"许狰狞辩解，"我只是说我还喜欢他，陈述事实罢了，从来没求他继续和我在一起。我们不合适，我妈不喜欢他，我爸把户口本找出来放在我面前，说我想和他在一起可以直接去登记。"

"你爸这不是挺支持的嘛。"

许狰狞说："你这是不了解他，我给你讲个故事。初中的时候我离家出走，跑去同学家里待了两天。第三天的时候我爸敲开了门，找到了我，递过来两千块钱说拿着钱走远点儿，这次太没难度。然后我接过了钱说好……然后我爸扇了我一巴掌。"

也是，能取出"许狰狞"这种名字的男人估计也不是什么等闲之辈。

许狰狞说："不过这都不算事儿，莫等闲会爱上我的。人总是越是已失去越是想得到。只要我出现在他面前，他就有可能会爱上我。"

我说："明明是你傻，你快别折腾了。"

"我明天就去向莫等闲重新表白。"她好像终于下定了决心，认定自己还喜欢着他。

我有模有样地向所谓的摇滚青年靠拢，朝她竖起拇指，说："真朋克！"

"走开！"她冲我喊，没舍得把正在喝的酒泼到我脸上。

“真朋克！”我还是这么回答她。经过多年的修炼，终于轮到我把许狰狞逼疯了，值得载入史册。

可她终究没有成功表白。莫等闲交了新女友，在这件事情上，她消息比我这个舍友都灵通。

那天晚上她叫我出去喝酒。没多说话，把九瓶啤酒在桌上摆了一排，全都起开了——是不醉不休的节奏。

她摆弄了几下手机，递过来让我里上面的照片，“他新女友。比我有气质吗？”那是个妆容精致的女孩，蓝色指甲上绘着银色图案，桌上摆着西式甜点，似笑非笑。

我立即表示，许爷这样的神人什么气质都能装出来。这才是她想听到的。许狰狞终于肯抬眼看我了，笑得那叫一个傲慢。我还从没见过有人能傲慢得这么好看。

我并非故意奉承。许狰狞确实什么气质都能装出来，其实我至今都不知道她到底是个怎样的人。她就像是谜题本身，就像是位该死的心理工作者，从来都是隔着一段距离远远地观察人世——你以为我是在测试你回答问题的正确率吗？其实是测试你回答问题的速度？不对，其实是测试你在知道我测试你回答问题的速度后你的反应——一个目的藏着一个目的，一个阴谋套着一个阴谋。总在给自己找借口。

这好看而傲慢的阴谋家又接着说：“可惜莫等闲就是讨厌我这一点，我什么都能装出来……但这样的话，你看，我又不是什么都能装的，我没法装得让他喜欢。”一个悖论，可笑的悖论。

“真可悲，我从没这么嫉妒过别人。”她冲我晃了晃手机，继续低头喝酒。

我也从没这么嫉妒过别人。嫉妒得只能饮酒，嫉妒得说不出话来。

我长这么大没爱过什么人你们知道吗？我想要认真学习可是学不过莫等闲，我想要努力做社工可比不过江薛。如果说对别的什么人有最接近“爱”的感情，或许就是对许狰狞了。

那晚回去的时候，我陪许狰狞在长长的学堂路上走了很久。灯光从树叶缝隙间扫下来，全是摇晃的碎片，风一来，满耳窸窸窣窣的涛声。许狰狞突然说：“我刚才想起一句诗，和他名字相关的，很常见的那句。”说完就沉默了，低头摆弄着手机。

我愣了下，在她话里的提示中也反应过来是哪句了。只会是这句，也只应该是这句——等闲变却故人心，却道故人心易变。

“我们对未来的规划不同，又都有野心难以迁就……早晚要牺牲掉感情的。”

“不是吧，我可敬的、可爱的、亲爱的许狰狞同学，你确实清高无双，但也不要把凡间想得太过肮脏。我最了解莫老大了，之前都没谈过恋爱呢，你不能比他先不信真爱了啊。他说不定本来是想认认真真地爱你呢。”

那时候清风拂月，杨柳垂枝，时节大好。我们都还年轻，年轻到不知不觉地毁掉了爱情。

我看着许狰狞，觉得自己没法和她解释这一切。我本来也没法保证自己所想的就是对的。

“咱学校好歹是全国最高学府……之一。来这儿的时候，谁不是心高气傲？谁没有点儿梦想啊？你要相信人民相信党，相信爱情的力量。”

许狰狞站在那里看着我笑。“别逗了。”她说，“我要出国。”

她是认真的。

跟我说过这个决定后的几个月里我基本没再见到她人影，然后直接就发现人家在社交网站上开始吐槽巴黎燥热的天气了。

我赶紧私信说："谢天谢地，姐原来你就是出国玩啊，还以为你远渡重洋后开始愉快地玩耍不要我们了呢。"

几个小时后许狰狞才回复。她说："是啊，是不要你们了，这次我爸过来开展览，我跟着过来考察考察。"

那些年，许狰狞拼了命地往前奔跑，让人看到就想起受惊了的马。

她试图努力跟那人拉开距离，去更广阔的世界，看更壮丽的山河，吃更美味的菜肴，以为自己走得远了，见的人多了，眼里就能够看不见他。

可是据她之后给我的明信片里说的话，走得越远就越觉得故乡好，见的人越多就越发现谁都不像他，谁都不是他，谁都替代不了他。

后来我把她的想法告诉了江薛。

这位打算和女朋友毕业就结婚的情圣说："你知道许狰狞和莫等闲最大的不同是什么吗？不同就是，莫等闲其实没有什么自己热爱的东西，甚至都不算喜欢学术，他只是习惯性把自己该做的事情都做好、该拿的分数都拿到。而许狰狞不一样，她喜欢自己的那些艺术。这就说明，莫等闲可以把许狰狞放在自己心里最重要的位置，而许狰狞永远不行，一旦有什么东西分散了她追求艺术的精力，她就会躲开。"

我问："哪怕是爱情吗？"

江薛回答："嗯，哪怕是爱情。"

[8]

那个初夏，我又被许狰狞叫出去吃饭，本来说好不喝酒的，但都出了餐厅，信步走走，还是折进了一家烧烤店。乌烟瘴气有氛围，不小心哭出来都可以说是被烟熏的。

她这次一句没提莫等闲，大口吃肉大碗喝酒。后来，拎着最后一瓶酒和我边走边聊，走累了就干脆坐到马路边上，把酒喝光了，拿酒瓶敲敲敲，很耐心很仔细地找准了角度，在地上敲着，后来终于敲碎了。

我也不知道她为什么要这么做，或许是觉得在初夏的夜晚喝完酒然后摔碎酒瓶是一个浪漫炫酷的事情，古怪的行为艺术。

可她又怕给清洁工人添麻烦，就用顺手捡来的广告单一点点把玻璃碴儿都扫到了下水道里。她就是这么一个优柔寡断的人，叫她那一生放荡不羁爱自由的爸妈恨铁不成钢。

许狰狞，女，二十二岁，略有神经质，遗传了那些不顾一切的勇气和坦诚，却又心思缜密、冰雪聪明，容易想太多。

我不知道她为什么要这么做，不过我也不需要知道为什么。她总会有她的理由。

……等等，她刚才该不是想用碎酒瓶割腕自杀吧。我突然吓得有些清醒，却没敢直接问，只是心惊胆战地等她站起身，送她回宿舍，然后打电话给莫等闲，添油加醋地讲了讲今晚的事，告诉他许狰狞可能想自杀，要他注意点儿妹子的情绪。

莫等闲那时候正忙着做项目，好几天都睡在实验室里。他说“你搞笑呢，许狰狞能来杀了我都不可能去自杀”，然后直接挂掉了电话。也是，凌晨四点扰人清梦，换谁都少不了生气。

我提心吊胆、昏昏沉沉地睡了，醒来后才注意到莫等闲的短信，说以后关于许狰狞的事情就不要再去联系他了，毕竟两人分手了，没关系了。

就为这事，许狰狞之后没少骂我猪队友。她说：“姐算计好了先晾他一年再开始撩拨，你小子非逼着计划提前了，就凭你这智商这记忆力，考大学时选择题全是蒙对的吧。

我不停的在微信上向她道歉，她半天没理我，后来才回：“对不起，是我刚才心情不好，是我自己没出息，不怪你，抱歉啊。”

谢天谢地。我心里好受了些，就继续跟她吐槽导师现在非要我们步行五分钟去隔壁教学楼接开水。

许狰狞表示出了幸灾乐祸的态度。

我说：“姐，你还有同情心吗？”

许狰狞说：“就冲你刚才跟姐说的那些话，能容忍你到现在，你就知足吧。”

我说：“你不是说不怪我吗？”

许狰狞说：“我一般说气话时才显得比较冷静，所以不怪你那句才是气话。不怪你怪谁？”

[9]

升入大四后，许狰狞在学校待的时间越发变少。好像是她爸打算在北京发展艺术事业，顺便在这里安了个家。我也就基本没再见过她。

直到那天。

那天我和莫等闲他们一起去参加导师儿子的婚礼，被安排去给新郎挡酒。已然醉得七荤八素，出门后偏偏接到了许狰狞的电话，简直让人苦恼得头痛欲裂。

她说："哥们你在哪儿呢？好久不见出来唠唠。"

我说我喝了酒，晕头转向，能正常回家就不错了，没精力去别的地方了。

许狰狞说："一猜就是，和莫等闲在一起吧，你在原地等着，五分钟后我去接你。还有，他如果问起来，你就实话实说。"

而莫等闲果然问了。在听到许狰狞会来接我后，不声不响地变成了我身边的牛皮糖，黏在旁边没有半点儿离开的意思，乃至看到许狰狞的车停下后一个箭步打开了副驾驶的门坐进去。

我还傻愣着不知道该怎么向许狰狞解释，不知道该不该把他再拖下来。许狰狞倒是不太在乎，摇下车窗冲我嚷："你杵在那儿是中邪了吗？上车！"

两人一路开始交锋。我默不作声地坐在后排，空气中嗖嗖放着无形冷箭。

许狰狞问："还爱我么？"

莫等闲答："明知故问。"

许狰狞说："正面回答。"

莫等闲说："爱。"

许狰狞继续开车，居然笑出了声音。

她说："莫等闲，听你这么说我太开心了。不是因为我相信你还爱我，这都是些谎话。我开心的是，过了这么久你居然还是愿意为我说谎，我已经心满意足了。"

莫等闲不说话不解释，只是盯着窗外看。如果不是太熟悉他，我会觉得他是要哭了。

我都想哭了：怎么这么可怕啊，我招谁惹谁啊，凭什么要在这正面战场跟着受罪，免费观赏情感大戏啊。

那天许狰狞把车开回学校，愣是只让莫等闲一个人下去，把我又带走了。

她绕着学校一圈一圈地开，边开边打量着窗外。她说："其实刚才说谎的是我来着，我知道他还爱我。但我就要说我已经不信了，他最讨厌被怀疑了，他会觉得我不懂他了，然后就散了。"

她说："看你醉成这个样子，跟你说你肯定也不明白，我只是想说给自己听的。到了，下车吧。"

那晚我回去后，莫等闲居然还没睡。

我醉得不轻，他也没好到哪里去，神色萎靡，眼泛红丝。我们两个醉醺醺的年轻人坐在凌晨的灯光下互视对方。我开始努力回忆他到底是不是东北人，这是不是要动手的前奏，我要不要抢占什么先机。

可没等我想到对策，莫等闲就开口了："你们俩刚才又去哪儿了？”

我说：“就是开车绕着学校转了两圈。”

他说：“哦，你认识许狰狞比我还早，你肯定也看出来了吧，许狰狞这孩子刚才又说谎了。如果她真觉得我骗了她，指定不会开心成那个傻样子，不扇我几巴掌都算好的。她只是借这个机会说出自己的期望罢了，她期望我不要再爱了，没必要了。”

他低下头，思索了很久。再抬起头时，眼神比励志漫画里的男主角都认真诚恳：“那我就不爱了。”

你知道吗？我当时以顽强的意志力抵御了倒头昏睡的诱惑，硬是默默去找了张草稿纸，在上面记来记去地理解了半天，才搞明白他们的逻辑。苍天大地，这俩人为什么不继续凑一对儿，难道还要出去分别祸害别人？

我真的特别想为民除害。我后来给许狰狞打电话说：“许爷你赶紧赶紧赶紧重新去和莫等闲在一起吧，我给你跪下了，你不答应我就去跳天台。”

许狰狞说：“那你跳啊。”

我说：“许爷我们好歹是认识三年了，三年的交情，你就眼睁睁看着我死啊，这也太无情、无义、无理取闹了吧，对我太不好了。”

许狰狞说，我认识我自己二十二年了，我对我自己更不好，何况是对你。

[10]

乐队在新学期招来了新成员，我们死皮赖脸地和艺术团申请，终于搞到了个空教室来排练。有人发现教室旁有道门锁得松松垮垮，可以从缝隙里钻进去，爬到平时难以靠近的天台。

夏天的时候我们就买好烤串啤酒，跑到上面去看星星吹风。许狰狞在升入大三后对搞乐队这种事情丧失了兴趣，她这种人，兴致来得快，去得更是神速。我好说歹说才把她请回来演示了下古琴加在摇滚乐队里的效果，为其他小伙伴们打开了新世界的大门。一方面是和大家好久不见了，另一方面，也是觉得她分手后实在太宅，心理状态不够积极乐观，一定要多出来转转。

结束培训已经是晚上九点多，我扯着她跑到了天台上。天台边上有铁栏杆，倚在那里能看见图书馆的金碧辉煌和五道口的车水马龙。

“很结实的，掉不下去。”我向她保证。

“不是怕掉下去，我是怕自己忍不住跳下去。”

果然。许狰狞果然心情郁结想不开。

我转过身去瞪着她，从她的反应上知道了自己的表情多么具有娱乐性。

“我没想不开！这不就是那种死亡本能嘛，站在高处往下看的时候会想要跳下去，弗洛伊德提出的，和生的本能对应，表明每个人都有趋向毁灭和侵略的冲动……行了别装了，我知道你听不懂也不想听。”她忿忿不平，好像被低估了心理承受力是种莫大的侮辱。

我松了口气，点点头，在她身旁坐下，从包里掏出花露水乱喷。和这群爷在一起，我永远是负责解决小事的小弟。喷完后，抬头发现许狰狞在看我。

月光下她一脸落寞，说：“莫等闲就不一样，他从来不觉得我会自杀，从来不觉得。”

我说："嗯，我还记得。"

许狰狞突然笑了下："你记忆力不差啊。每次出门居然还记得带花露水？"

我说："这不是怕蚊子咬了细皮嫩肉的许爷嘛。"

许狰狞说："你就装吧，你以为谁都跟你似的，天生招蚊子就是个人形移动蚊香。"

"谁告诉你的？"我觉得自己的隐私都被扒光了。

许狰狞有些得意地笑了下："还能有谁？"

"莫等闲不像是这么八卦的人啊。"这句话我没说出来，但肯定写在了脸上。

许狰狞又笑了，说："你才是真不懂他，一个人的真相是另一个人的假象——彼之蜜糖，吾之砒霜。"说完后她的表情突然就有些迷茫，歪头去看自己手里的烟。

那团橘红色火光在黄昏中静默燃烧，就像一枚正焚毁的小太阳。

[11]

许狰狞出国读研，一年后终于回来探访亲友。

那天我没事，就去机场接她。和她一起回来的是个人高马大睫毛长的外国小伙。俩个人在汽车后座上亲亲热热地挤一起。

"许爷！"我从后视镜往后瞟了几眼，终于忍不住提醒了下，"许爷，干什么呢许爷！您还真放心，也不怕闪了舌头……这马上就要到了许爷！"他们吻了这是多少分钟了？下车的时候，许狰狞刚刚补过唇彩，斜眼看我，就像看个大惊小怪的土老帽。

"改革开放才三十多年，我小城市里长大的没见过世面。"我先做出了检讨。

许狰狞还是不说话，昂着头下了车。这些年不见，她话变得少了，气场倒是越发强大。

第二天大家相约出去聚会，没人知道莫等闲怎么得到了消息，居然也来了。

见到他的那一秒，许狰狞变得非常古怪，像只被扔到七巧板前的变色龙，不知道该用哪种伪装来保护自己。她表情空白……浑身都空白。我不知道该怎么形容那种感觉，就像是突然被打回原形的妖怪。幸好只有一秒。甚至没谁意识到异常。

许狰狞在那次酒宴大显身手，充分发挥了自己的煽动力，不露痕迹地忽悠大家都去找莫等闲敬酒。莫等闲没法拉下脸拒绝，最后吐了一身，被人赶紧拉出去处理衣服了。我埋头继续狂吃，突然感觉有人在拍自己肩膀。

抬头发现是许狰狞。吐了之后，她看上去倒是越发清醒，示意我赶紧跟她一起撤。

得罪谁也不能得罪她。

我们趁乱从那场聚会逃了出去，直接打车回了学校。你能想到荷塘是什么样吗，在夏夜？

月朗星稀，银亮月光破碎起伏在水里，无尽黑色潮涌，空气里有种清新的湿气……

而我在想，许狰狞应该不会去跳湖吧？应该也不是想把我推进湖里灭口吧？不就看出来她找人灌酒了嘛，我也没知道什么机密啊。

我说："许爷你今天表现得可真小心眼，当年跟我说的可是要装作不爱他了，然后等着他来找你。”

许狰狞说：“没那回事。”她撩撩头发，风情万种地叹了口气，“当年我可没想到自己演技会这么好。装不爱他，结果就真的不爱他了。”

我说：“是吧，许爷你看，森林那么广阔，你当时何苦要吊死在这一棵树上呢？”

许狰狞沉默了一会儿，才叹口气，悠悠地说：“我挂上白绫的时候你不劝，我踩上椅子的时候你不劝，我把脖子套上去椅子蹬倒了你告诉我别吊死在这棵树上？”

我掂量着她的话，东扯西扯了几句才敢问：“现在都过去啦？”

“过去了。我现在都觉得，当年喜欢他就是因为他不喜欢我，是赌气。”

“哎，我也不喜欢你啊。”

“你是想让我把你推到水里吧。”

[12]

许狰狞这个浑蛋又一次骗了我。

我们站在荷塘边的时候，她接到电话，说莫等闲酒精中毒被送去了医院。她边接电话边跑着去路边打车。

我拦住她：“不是都过去了吗，这事该你管吗？”

许狰狞说：“是我叫他来的，当然要对他负责。”

我无比怅然：“你不是有那个金发洋佬了吗？”

许狰狞也无比怅然：“可我不爱他啊。”

我依旧怅然："那你还吻得那么欢！"

许狰狞更加怅然："就是因为吻过了才发现自己不喜欢吻他，不喜欢他啊。"她说得好有道理怎么办。

我说："许狰狞，你能不能别折腾自己折腾他了，莫等闲真的了解你吗，你在乐队里参加演出过那么多次他有来看过一次吗？"

许狰狞说："他对摇滚不感兴趣的话为什么要来看来浪费时间，用其他方式来了解我岂不是更加直截了当，效率更高？"

她把手机收起来，低着头站到路边。"我不想让他因为爱我而做自己不喜欢的事情，我不想让那些不喜欢、不开心毁掉爱情，我也不想因为爱他而做我不喜欢的事情，我不想迁就甚至不想变温柔……算了，我不去了。"

我说我也不管你去不去了，我明早还有会就先回去准备了。那是我第一次就这样扔下她。

而她，后来我知道，她那晚最终还是去了医院。甩掉那个从外国带回来的洋佬，在床前守了莫等闲三天，直到他出院。可他们还是没有在一起，几周之后，许狰狞再次出国。

我再也没联系她，再也没见到过她。

很久之后我和江薛感慨往事，又聊起这两位。我问："他们现在是什么情况？"

"应该是没什么关系了吧。"江薛说，"我也是不小心撞见的。"

"到底怎么回事。"

江薛说："就是我那阵子正好有点儿学术上的问题要和莫等闲讨论下，就去了他办公室，结果许狰狞居然也在。"

江薛说："许狰狞当时在哭。"

我一时间根本没反应过来，许狰狞居然也会哭？世界是不是要崩塌了。紧接着居然觉得心疼，她都哭了，无论如何，莫等闲肯定分分钟会心软和好了吧？

江薛继续说："当时莫等闲就站在那里，连纸巾都不知道递。"

莫等闲只是站在那里，不说话，拿出烟来抽了一支。满屋子都是烟味，换做平时许狰狞早就忍无可忍了。可她这次只是慌乱万分地抹着眼泪，眼泪怎么都停不下来。最后索性伏在桌子上，把整张脸都埋起来。

莫等闲摸摸她的头发，然后站到离她很远的角落里，说："我不爱你了，你不明白吗？"

隔着那么久，隔着别人的转述，我都能想象到那是怎样一个惊魂动魄的瞬间。

隔着那么久，所有惊心动魄都烟消云散了。

江薛说后来我就走了呗，这种事情也没什么好看的。

我说："你怎么不早告诉我？"

江薛说："为什么要告诉你啊，你知道了又能怎样，趁虚而入吗？"

我说："我可以……安慰安慰她。"

江薛像个看破红尘的方丈一样摸摸我的脑袋，说："这么久的伤，只凭安慰几句就能愈合才怪呢。她没爱过你，你不明白吗？"

[13]

我有两个朋友，一个叫许狰狞，一个叫莫等闲。

十年前他们最大的相同之处是，都觉得自己的名字不像是亲爸妈取的。十年后，他们最大的相同之处是名字被写在同一张结婚证上，当了同一个孩子的家长。从此磕磕绊绊地生活在一起，变成了俩个幸福的奇葩。

果然如我所料，莫等闲根本忍不了让许狰狞难过。他是那种最普通的普通人，心地善良，喜欢赚钱，人生目标之一是娶个挺好看的媳妇生个挺聪明的孩子，有个家。如果许狰狞愿意安稳下来，那她会是最好的妻子。只要她愿意。

假如你需要一个温暖的故事，那么可以把这个当作结局。

可这不是真的。这微薄的可能性早就被他们自己扯烂撕碎扔到哪个天涯海角了……慧极必伤，情深不寿，强极则辱。莫等闲半生沉稳，许狰狞一路浮夸。

真正的结局是，他们从此再也没见过面。相忘于江湖未尝不好，我总觉得他们其实没有相忘。当然，也没有相思。

年轻人都是半干的水泥墙，被谁欺负了都会留下个抹不掉的手印。

莫等闲不一定是还想着许狰狞。但客观上讲，他一辈子都没法摆脱她。前些天他开车顺路接我下班，车里还放着与许狰狞一起听过的老歌，理所应当。他总是平静安稳，喜欢那些自己熟悉的东西，喜欢一成不变。

明亮的男声唱着喀秋莎，“正当梨花开遍了天涯，河上飘着柔漫的轻纱，喀秋莎站在峻峭的岸上，歌声好像明媚的春光”。我暗暗脑补出许埩狞和她那小男朋友深情相拥站在河岸边看梨花的场景，不禁恶寒，怎么想怎么违和。

然后才意识到，在潜意识里我好像总觉得他们俩人会走到一起。我总以为所有发生过的波折都是暂时的，都是误会，不会有什么决绝的争吵，不会有什么不可化解的矛盾。这很蠢，是吧。这真的很蠢。

这世间没什么是暂时的。但凡发生，便是不可更改的永恒。

只有一个二十岁的许埩狞，也只有一个二十三岁风华正茂的莫等闲。那些年，爱过便是爱过，没有什么尴尬难堪，没有什么兵荒马乱。只有一场真正的离别。

我后来和许埩狞也在网上聊过几句。

我说：“莫等闲没留北京，后来跟我一起来了青岛，这边有个人才引进计划，待遇很不错。”她说：“嗯，我家这边儿气候不错海鲜便宜，挺好的，哈哈。”

我说：“莫等闲要结婚了。”她说：“嗯嗯终于安稳下来了，哈哈。”

我说：“我以前觉得你们有朝一日会和好呢。”

她回复我：“你傻了吧，我早不在乎了，哈哈。”

现在的许埩狞每句话后面都跟着个“哈哈”，虚伪无情，生硬碍眼。我心烦意燥地回复她：“那就这样吧，我也不替你送什么祝福陪你砸什么场子抢什么亲了，哈哈。”

她直接看出了我的小心思，说:“你较个什么劲儿，小心眼。”

哈哈哈哈。世间多少荒谬事，值得人仰天长笑。

莫等闲的婚礼是在夏天。

婚礼前有很多事情要准备，挺折腾的。照婚纱外景的时候我们这些老同学跟着帮忙照顾，看他和新娘被摄影师要求着在八大关那些外国建筑前扭来扭去摆造型，在礁石上装模作样眺望远方。附近拍照的新人很多，彼此遇到后只是心照不宣地笑笑，免不了在心里比较个优劣……当然了，我觉得那些新郎谁也比不上莫等闲。新娘肯定也是这么想的，他身形高挑，潇洒英俊，气质儒雅。

我看着莫等闲，又想起一句关于他名字的诗。这不能怪我矫情，也不能说明和许狰狞认识那么久后我终于沾染了一丝丝文青气质。

只是许狰狞当年给莫等闲送过手绘日历当礼物，每页都抄上了和他名字相关的诗句再配上速写。这个礼物当时在我们宿舍被传看过好几次，还被莫等闲在桌上摆了一年，我当然能记住。与我想起的这句诗相配的速写画面，是莫等闲在低头抿嘴看着手里的几页歌词。原图是本科一二九合唱时工作人员随手抓拍的，硬是被许狰狞从几百张照片里翻了出来。

这次我想起来的诗句是，“长恨人心不如水，等闲平地起波澜。”

如果莫等闲是和许狰狞结婚，事情一定不会变成这样。

可事情变成这样又不一定就不好。平平淡淡、安安稳稳、正正常常、顺顺利利，这才是莫等闲想要的。这也是大多数人想要的……只是在年轻时我们不愿承认罢了。

那时候我们说着“我爱你”，却并不知道什么是“爱”。我们说着“我思念你”，但并没有感受过漫长的分别。

有情人终成眷属，无情客浪荡天涯。

拍完婚纱照，大家理所应当地聚餐。吃到一半儿时，莫等闲出去抽烟，我也找个理由跟了出去，不咸不淡地聊几句。十年了。我仔细打量着他，鬓角似乎都有白头发了。真可笑，他已经结婚，我还是单身，我却为他的年华逝去而焦虑。我们认识十年了。

夏夜微风从四面八方涌来，像是星辰在叹息。

夏夜微风。我不知道莫等闲有没有想起他曾经爱过许狰狞的那一秒，那凝聚了世界上所有美好情绪的一秒。反正我是想起来了，而且还直接开口问了：“莫老大？”

莫等闲挑起眉毛，不动声色地看了我一眼。

“你和她还有联系吗？”这话问得很不合时宜。这么多年来跟着许狰狞当小弟，我肯定也学坏了。

莫等闲不会问是哪个她。她只会是她，一个人一生能撞上几段传奇啊？

莫等闲说：“你关心的事怎么这么多？是不是又要开始三连问了？你是地球人，现在还在地球上，我们也不是从火星来的。”

他没回答我的话。

我不想知道答案了。

炼岁月以成仙

[1]

王持就像是个半仙，虽然他自己不会承认这一点。

证明前一句话的事例如下：

在初中到高中的六年间，我经常在习题册上写些疯言疯语，课桌抽屉里也堆满了各类书籍，经常故作平静地对周围的人说：“总有一天我会疯掉，说不定就去自杀了。”而所有听到这话的人都用一种看弱智儿童的表情看着我，充满了“孩子你别闹了”的无奈和“孩子你洗洗睡吧”的怜悯。

可王持与众不同。

来学校报到的第一天，班里同学一起出去吃饭要认识认识，开始还挺拘束，等喝起酒来一个个开始称兄道弟东倒西歪。我当时借着酒劲儿，躲去厕所给前女友打电话，试图挽留她。

电话直接被挂掉，我拿着手机靠在洗手池旁抽闷烟，时不时冲镜子看一眼，告诉自己这次失败的原因一定不是因为长得丑。正忧郁深沉着呢，突然听到震耳欲聋的冲水声，然后厕所隔间的门咣当打开，王持气势十足地从里面走出来，在我旁边的水池里洗洗手，然后看着我，说别那么想不开，照你这样下去总有一天会变成疯子，自杀都有可能。我之前还没哭呢，听他这么一说眼泪直接下来了。

就这样，我在认识王持的第一天就把他视为人生导师终生知己。

王持本人对此的看法是，他那天只是看我情绪不好所以随口说了几句——随口说几句能说准也很不错了，即使没有实力至少有着不错的运气，我对他的崇拜信任之情完全是“磐石无转移”。

[2]

就这样，凭借着我单方面的死缠烂打有事没事请客吃香锅……关键是凭借我和他同一宿舍抬头不见低头见的天时地利关系，我和王持也成了不错的朋友。

在我后来累计追妹子七次六次未遂的过程中，王持一直悉心指导大胆建议，做出了不可磨灭的贡献。比如在我纠结追不追的时候果断地说追，在我纠结自己为什么追不到的时候说我长得丑了……全是至理名言。又比如说，在我求问今日桃花运的时候全凭心情说有没有，信誓旦旦地说我和很多挺不错的妹子有缘无分，而偏偏和只母猫有难解之情。

恋爱时的人总会想太多想做的太多，反而不知所措。恋爱时的人容易盲从。所以我每天最喜欢做的事情就是虔诚地求指点，而他也确实有着一张举世无双的乌鸦嘴，基本在他说“这姑娘差不多要把你拉黑了”之后，不出五分钟我就会看到“对不起对方还不是你好友”的提示……

当我在午夜的阳台上吹着凉风喝着啤酒黯然伤神的时候，他总会过来拍拍我肩膀，陪我站会儿。在其他舍友的鼾声以及隔壁宿舍隐约传来的键盘声中，他温暖贴心得像是这世界上最后一个好人。

[3]

即使在我这里整天伪装高段位选手，王持也还是没办法改变这样的事实：他从来没有过女朋友。我们都开玩笑说，像他这样的男人自身眼光太高，可能真的要孤独地过一辈子。

他对此的评价是故作深沉的一句："爷是因为把那些情啊爱啊看得太开了"。然后在某天默默把手机摔到我们面前，表示自己看上了一个姑娘。我们一群人赶紧围上去把那手机放在中间，屏幕暗了，赶紧再摁一下。

王持爱上的那妞长得真心……独特。在那苹果5S的屏幕上出现了一张粗糙大脸。哦对了，王富帅之所以用苹果手机，最重要的一个原因是他觉得苹果的操作系统简单。

与我们之前料想的不同，他这妞追起来其实也挺有难度的。

因为那妹子坚决不信王持是真心喜欢她而不是开玩笑……太有自知之明了，是我我也不信。王持不是个普通人，他是个大巧若拙、大智若愚的半仙。所以他没有走什么请客、吃饭、看电影，逐步培养好感再表白的套路，而是直接在楼下等，还委托了楼长来帮忙送礼物。

每天晚上熄灯后，在宿舍里做什么事情都不算方便，不如干脆去等。而夜深人静也没什么干扰没什么围观压力。高招。

这种简单粗暴的方式使王持在向我们宣布要追妹子的第九天就脱单了。那天是十一月十日，正好少过了一个光棍节……所以说嘛，半仙就是半仙。

让人咬牙切齿、自愧不如的还有，后来他带妹子见我们时，那长相气质简直像去了趟韩国。在这里可以得出的结论是：岁月是把手术刀，而照片都是不能信的。

[4]

脱单后的王持在宿舍待的时间少到令人发指。每天和妹子腻在一起，不是一起自习就是去吃饭看电影乃至去操场轧跑道，经常在熄灯之后才回宿舍。

而在回宿舍之后，经常是看课件、写作业到凌晨一两点。我忘记介绍了，王持是只很大的学霸，喜欢装弱的那种。前几天有公司来学校找人做兼职，不知从哪儿打探到了他的情况，专门来宿舍邀请他去参加面试……人家都有笔试，咱王持直接面试而且估计是走走形式，没错就是这么酷这么帅。

可他不声不响地翘掉了那次面试，去给妹子过生日。真正的妹霸，人生赢家。

然后妹子在知道这件事之后跟他大吵了一架。王持是在宿舍里接的那个电话，我们能很清楚地听到整个过程，基本上的吵点就是"你对自己的未来不负责""你对我们的未来不负责""你对我不负责""你根本没和我商量""你是陷我于不义""你根本就没有勇气接受改变""我不能和你在一起了，不拖累你，对大家也都好"。

王持基本都是沉默着听她说，期间也只是说了几句"你别激动、别急"。这反应实在是太幼稚了。要知道我每次和妹子吵架的时候他都淡定地说，这时候绝对不能要求妹子做什么，千错万错都是你的错，"哄"字为上……轮到他自己怎么也这样。果然到最后妹子哭着挂了电话，王持跑到她宿舍楼下待了大半宿，硬是没换来再见一面的机会。

而他回来的时候已经是凌晨，一身寒气、一身烟味。幸亏第二天没课能好好休息下，他直接瘫倒在床上，看上去和死人唯一的区别就是还睁着眼。我问他，你的经验什么的都跑哪儿去了，先哄啊。而他反应了半天，才气若游丝地回答："可我不想哄她……我想认真点好好和她谈谈。"

当局者迷，真陷进去了就把技巧什么全放下了。等晚上回来的时候，满屋子都是泡面味儿，王持应该是整天都没出门。此时他正摊开一本微积分在面前，安安静静地验算着。见我回来了，打个招呼，第二句话说："你可以不用再叫我半仙了，我分手了。"

他都分手了还记得半仙不半仙这样的小事。我当时又感动又难过，眼泪都快下来了，拍着他的肩膀安慰道："没事，再有仙力的人都算不清自己身上的事儿，你永远是我的半仙。"

王持也又感动又难过地回答我："我再说一遍，我是青岛人，半仙在我们方言里那是骂人的词，我都不想忍你。"

[5]

王持……居然……竟然……怎么可能……简直不像……会打架。

得到消息的时候我整个人都要不好了，要知道他是那种，偶尔爆爆粗的人，动起拳头简直就要了他的命。君子动口不动手，他总是声称打架是恼羞成怒者低劣的体力劳动。

然而在分手的两周后，他确实打架了，那天晚上被辅导员叫去训到半夜，据说被看着写检查……写了五千字。被打的那小子好像是先去校医院看了看，直接开了转院单去外面的大医院治疗。

洗漱时我们听见其他系的人津津有味、添油加醋地讲述在综合体育馆门口目睹的某场暴力事件，我们一个个沉默成了哑巴。

据说王持在溜进体育场后，先是很没存在感地在旁边观望，很有礼貌地等人家打完那场篮球，并和旁边的几个正休息的同学确认了情敌的身份。据说这小子在王持和那女孩谈恋爱的时候就凑上去嘘寒问暖，摆明了是在挖墙脚。等王持分手之后，就对那女孩变本加厉地纠缠。据说那女孩对这小子也没什么意思，已经被烦得从微信、QQ、人人网上将他全线拉黑，就差拿刀去拼个你死我活了。

王持在分手后还是心疼这个女孩，一腔愤懑无处发泄，这所谓情敌自然就是替罪羊。

“你猜他手上拿的是什么？哎呦，这哥们可太够劲儿了。感觉是漫画看多了，不然就是喜欢做秀。”应该是喜欢做秀，王持向来是个有格调的人。

所以他选择的那真是个相当有格调的凶器：从学校拆迁工地上捡来的一块货真价实如假包换的板砖。

[6]

那天晚上早就熄灯了，王持摸黑回来时我在边打游戏、边等他，见他回来后准备当个猪一样的队友扔下那些玩家往床上溜。他开门进来后，在门口那等了一会儿，然后冲我说：“你这样玩游戏真是伤人品。”第二句话是：“半仙我睡不着了，陪我出去喝酒。”

我觉得他情绪不大对，硬生生只能咽下那句“你这半夜把人从床上扯下来就不伤人品了”，我换好衣服出门。北京温差大，晚上外面很冷，我找出大衣披上，而王持还穿着下午时那件薄风衣。喝酒会越喝越暖，所以我也不是很担心。

我们朝西门的露天烧烤骑去。学校里有老食堂在拆迁，重型卡车白天开不进来，选在晚上来来往往……我们行驶在卡车与卡车之间，像是在躲避许多的巨型怪物，提心吊胆地冒险。

我们坐在路边的白色塑料椅上，边吃边聊。聊到差不多的时候，我没忍住还是问了白天的事情，并且义愤填膺地复述了在水房里听到的流言。而王持摸摸自己脸上的青肿，开口说话了，第一遍我都没听懂。

倒不是说第二三遍我就听懂了，只是我做出恍然大悟的样子，故作深沉地点点头，然后说这句话太好了你要写下来我回去记住。他从口袋里掏出张小纸片，看了看犹豫了下，说要不然我写你手上吧。我说我怕痒。于是他笑笑从书包里翻出支笔，垫在路旁的电线杆上，认真写了好久。他的手有些抖，可能是太累了，也可能是在疼。我看着他写得那么费劲都有些愧疚了，简直想承认自己没听清让他别写了……但我还在和良心搏斗的时候，他已经写好了。字迹歪歪扭扭，我之所以能读懂不光因为我识字，还因为我是个识字的文艺青年。那是佛经中的一段话：一切有为法，如梦幻泡影。如露亦如电，应作如是观。

在经历了这样一个火热刺激血腥暴力的白天后的夜晚，他居然写下这样一句话来。后来我自己回宿舍仔细看了看那张小纸片，发现是张名片。

一长串儿头衔，让人不明觉厉的那种高大上。后面跟着的是王持自己的名字。我颤颤巍巍地把那个公司的名字输到电脑里百度了下，居然是真的。那是个家族企业……王持这孩子居然是个二代。

后来王持偷偷跟我说："对啊爷就是二代，你要是敢出去乱说，爷跟你急……还有就是，如果不是急事就别随便问爷借钱，爷的生活费其实也不多。"

[7]

后来我才知道王持信佛教，一家子都是虔诚教徒，时不时去名川大山烧香的那种。他爸爸过生日的时候，这孩子居然从网上买来专门写藏文的笔，抄了遍藏文的《心经》寄回去。

王持告诉我，其实"持"是一个不好的词。持，拿起来，拿的是业障，不是因为贪心就是因为软弱。要放下去，四大皆空才是硬道理。他那时边说边开开心心地啃着鸭脖，边啃边看着人人网，边看边听音乐。等啃完之后，他把所有网页都关上，沉默了一会儿，然后说："你也给我算算命吧，我看看跟了我这么久你出师了没有。"

我于是屏气凝神为他掐指一算，说再过最多半年吧你就能遇到自己的真心爱人，要耐心等待，时间足够你爱。

王持呵呵几声就不再言语。然后他又呵呵了几声，然后又不再言语。这么男神范儿的两个词，从他嘴里冒出来时，听上去却像某个风烛残年的老大爷在感慨世事无常。他把腔调拖得很长，听上去特别寂寞。最后他说："你就扯吧，什么叫真心爱人……我们连假心都没见过呢，何谈真心啊。"说完之后他继续听音乐，时不时擤擤鼻涕。他没感冒。拼命忍眼泪的时候，眼泪会从鼻腔流出来。他总是背对着我，我知道的也就这么多。

遇上爱情就像得了一场神经病。而王持此时就像个终于从精神病院里被放出来的苦命孩子，已经习惯于承认错误，习惯于改正，习惯于康复，竭力镇静，竭力表现得正常，却发现自己根本搞不懂什么是正常，最后在自己与自己的战役中弄得遍体鳞伤。

[8]

大一暑假刚开始，我们留在学校参加小学期。这时候我们隔壁宿舍有一哥们疯了，或者说是有疯了的预兆：因为打游戏而翘掉太多课，成绩出来后正好挂够科目，直接被退学。而作为同班同学，在他家长来之前，我们轮流请假去陪着，担心他想不开。

王持也去了，我在他下一轮接班，敲开宿舍门时被当时的场景震惊了：屋里总共有五人，三人都傻愣愣地站着，王持和那哥们坐在床上揽着肩膀，全都在抹眼泪。那哥们摸摸王持的脸，说没事，早晚这些都会变得不重要的。王持眼睛都是红的，一个劲儿地重复，“借您吉言”。他本来好像也有点疯疯癫癫，这次算是找到了知己。

走的时候，那哥们表现得倒是很正常，说回去复读，要再考回来。几乎每个离开这里的人都会说这句话，但真正回来的人实在太少了。我们都不太相信他的话，但也都鼓励着他，把他送到了校门口，和他说了再见。

表现得不那么正常的人是王持。从校门口回来时，王持说：“我要去追一个妹子，并且开拓一项事业。”

这话的重点显然在前半句。

我说谁啊。他告诉我一个名字，我绞尽脑汁也没回忆起来。我说：“……谁啊？”

他说不就是那某某某院的谁谁谁嘛，上次班里联谊见过一次的。我会告诉你我们上次联谊是在三个月之前，而我参与的唯一活动是和一群人打三国杀吗？

而他真就去追了，每天送早点，隔三差五地送玫瑰、遮阳伞乃至皮包、化妆品，出手阔绰，不计成本……这还用我出卖嘛？土豪本质暴露无遗。追到了之后，没过几天就分手。再追，再分。他总能从各种稀奇古怪的活动中的各种稀奇古怪的角落里发现能吸引自己的人，而他自己已经变成了我知道这世界上有但是不知道我居然会遇见的那种……说情圣不是情圣，说人渣不是人渣的奇葩。

他说他第一次错过了，以后就都不想错过了，有感觉就要抓住。他永远是振振有词的主儿，至少能把我们这同宿舍的三人说得哑口无言。我不知道他能不能说服他自己。

[9]

至于那项事业嘛……

他想要开办一个失恋者俱乐部来着。向社团部申请了，没通过。他就自己做海报写策划，最后招收了四五十个成员，大多是妹子。王持就开了微信群、QQ群乃至人人网主页，每天积极组织大家互相安慰，互相提建议，一起读些情感类书籍，一起骂骂负心人。失恋后的人多少都有些不正常，死心的很少，死活不放手的居多……而他就在做这群人的首脑。

后来花费在追妹子上的精力太多，这事业就没再继续搞下去，任其自生自灭罢了。我凑热闹加进去过，眼看着那些所谓的失恋者逐渐康复、逐渐退群，有几对儿在群里认识的后来居然成了。王持这疯子随手栽柳，竟有鹊桥之功。我不知道那些人是因为太有缘了，还是因为太悲伤、太寂寞。

[10]

再后来王持把正常的追人方式都用遍了，渐渐就开始走偏锋。

人家摆蜡烛求爱的时候他摆巧克力，人家送伞、送早餐的时候他送新东方的课程卡，乃至于在校报上花钱买广告位来告白，乃至于在图书馆门口的喷水池里撒玫瑰花瓣……这些招数都被用在了同一位妹子身上，换作之前应该早就泪流满面地答应了，可人家就是抵死不从，说王持太花心。这姑娘叫小A，我默默给她点一万个赞，可表面上还是要站在王持这一边。

王持说：“我不花心，我什么时候花心了，我每次都只喜欢一个人。”我说：“对对，你看面相都不像是花心的主儿。他后来决定把事情做得再出格一点儿，再行为艺术一点儿。于是，自己花了几周捣鼓出一个电脑病毒，中毒后的特征就是屏幕右上角不断闪烁着醒目的黑体字：“小A我爱你……其实他自己是捣鼓不出来的，这病毒的工程量不算小。”他说：“我亲爱的朋友啊你要帮半仙一把，这事对半仙我很重要。”

这感觉就好像自己正在往一个黑漆漆的洞口里跳。担心会摔得粉身碎骨，又担心它是无底的，自己只能一路提心吊胆不知所措地跌落下去。我看了王持一眼。他说：“你如果担心害怕就算了。”

那好吧，我决定跳下去，然后陪他熬了一周的夜。

后来只用了两三天的时间，这个病毒就风靡全校。颇多的好事者因为好奇而故意中病毒看看，所有人都知道他在轰轰烈烈地追小A，也都知道了小A根本就不给他面子。王持这大费周折的，不过是为了低三下四地求小A爱他，不过是为了让自己丢人丢得更广而已。

学校网管中心很快就调查了这件事。王持怀着为爱牺牲的大无畏精神扛下了所有的惩罚……就像这惩罚能让他更崇高一样。没造成什么太大破坏，最后的结果其实也就是写检查。

问题在于王持他爸当时在北京出差，听说这件事后直接到了学校。

我原本以为像王持这样的书香门第，家里的长辈也都是眉目慈善的书生气……没想到来人是西装革履下都能看出来的那种虎背熊腰，肌肉比我还结实，估计是没少去健身房。老爷子一进门，扫了几眼，铁青着脸冲着王持就过去了，一脚把他踹倒在地上，还骂了句“逆子”，骂来骂去，似乎不是在责怪王持为了追妹子做坏事，而是在责怪他为了追妹子做坏事还犯蠢被抓住。

王持是个真正的大丈夫。并非因为从不屈服，而是因为能屈能伸。他没有任何挣扎，扑通一声跪到了地上，然后大声说：“不敢了，不敢了，以后不敢了。”

我站在那里觉得王持看上去很陌生。他很不像他，但他又太像他了。

[11]

大三那年我在美国当交换生，每天睡得晚起得早，导致和留在国内的小伙伴其实并没有那么大的时差。虽然没法天天找半仙算命了，而且在国外昂贵的物价下节衣缩食地度日也没闲心去追妹子，但我们还是时常联系着，固定模式经常是我嚷嚷着让半仙算算自己丢了的钥匙什么时候找回来，顺便诉诉苦，而没说几句他就不耐烦地说："你小子这点儿破事也好意思来烦我？哥昨天只睡了四个小时，你哪儿凉快儿赶紧哪儿待着去。"

后来我知道他真是忙。从人人网上的各种信息来看，社工做得有声有色，办学术讲座、整暑期实践、带社团……每发一条状态就有几十条的回复，广受欢迎。隔三差五还参加个学术竞赛拿点儿小奖。我在公寓里一勺勺吃着冷沙拉，一行行地推演论文里的公式，既羡慕又惋惜地看着王持，他逐渐走向所谓优秀而光明的人生，给人的感觉却更像……逐渐走向平庸。

等我回国时，面前的王持已经和从前完全不一样了。

这个王持不再张狂冲动也不再故弄玄虚，穿着得体的黑色风衣，头发打理得自然而帅气，张罗着来机场接我，张罗着洗尘宴。吃饭的时候大家聊起来倒还依旧尽兴，期间他接了个电话，毕恭毕敬，一口一个"主任"地应着……语气变化之大已经让我快吓傻了。

据说他现在没有女朋友，但是有很多很多备胎。曾经他说自己一次只喜欢一个人的。我不知道他对他的备胎们有没有怀着一点点感情……我只是很相信，一个不动感情的王持绝对是一顶一的恋爱高手。

那天晚上我们回到宿舍里。我异常怀念地站在阳台上吹风，觉得自己脚下仿佛依然躺着几个啤酒罐。我身上的酒气被吹散在晚风里。

王持走过来，站在我身边，还和从前一样。他笑了笑问我：“在国外过得不怎么样啊，也没找个洋女友。”而我万分坦诚地告诉他：“就凭我的英语水平，找女友估计要靠手语来交流。”而王持看了我一眼，语气很沧桑地说：“哎，你还真觉得语言障碍能干扰到真爱吗？那就是还爱得不够深。”

沉默。沉默像晚风一样，在我们之间穿过。然后王持说，其实后来他追到了小A，谈了四五个月……前几天才分手，她总是不相信王持爱她，不相信就是不相信，爱又是没办法证明的。王持说：“你知道吗，我可能是太久没被人甩过了，其实还是挺难过的。”

那一刻，在过了这么久之后，我终于意识到王持只是个年轻人，不是个神机妙算的半仙，不是个见一个爱一个备胎满天下的人渣，不是情商超高能力卓群的社工男神。不管怎样为别人提供指点提供力量，不管怎样游刃有余怎样思虑周全，他依旧很容易受伤害……伤害他甚至不需要刀剑，只需要不信任。

我看着他，终于意识到自己也是个年轻人。年轻到对这个世界的爱太无能为力了。

年轻到对这个世界爱得太无能为力了。

[12]

我获得推免资格，上了校内直博，王持在父母的安排下选择了去国外闯荡，读的是回来接管家族企业的对口专业。告别的时候，我们喝了很多的酒，醉了后我总是要往厕所跑，每次路过洗手池的镜子都会想起当年的王持。于是我就会很想念他，于是我就会赶紧跑回酒桌上扯着他说话，灌他酒也被他灌酒，于是我就会更加频繁地去厕所……这感觉像是种轮回。最后失去意识，都不知道自己是怎么回去的。

读博第一年课还是挺多，我硬生生从一个喜欢宅寝的人变成了伪学霸，除了泡实验室就是待在图书馆里。而在图书馆，除了刷PPT、睡觉之外还有一件事，就是对着大门外面的喷水池发呆。我不敢说自己是在思考人生，这个回答未免太过高大尚了，显得太虚伪。但我就是在思考人生。

能有多少人记得呢？这水池里曾经被洒满玫瑰花瓣，美好得简直像在迎接一场婚礼。有个自以为是的年轻人，信心十足又不知所措地站在那里，乞求着爱情的施舍。

我总是在想，为什么王持最后会变成这个样子？是不是人生太重了或光阴太重了，压在我们身上让我们失去了原本的形状，让我们都累了走不下去了？或者是我们的青春太轻了，所有想要冲出轨道的冲动都飘忽得不值一提。

我不知道。

似乎我总在说自己不知道。但这就是真相，世界上的问题太多了，不是每个答案都能被我们遇到。

山与江河

[1] 在茫茫的人海里

你已经有很多年没和他联系了。

曾经万分苦恼要以怎样的姿态面对他，是努力装作文静平常的小姑娘，还是干脆当个大胆泼辣的花痴女……不知不觉间那些苦恼都离你而去，时光让它们变得毫无意义。

有很多事情还没来得及讲述便失去了讲述的兴致。有很多情感还没来得及轰轰烈烈就淡如云烟。

今年你总算在北京安定下来。新买了套房子，搬完家，收拾书橱的时候看到了那封信。你把它拿在手里，隔着信封翻来覆去地看了好半天，就是不敢打开。信封里厚厚的一叠纸，似乎不再有从前那么重了。

从前这是一叠回忆，时间拿走了那字字句句间埋藏的很多东西，把它重新变成了一叠薄而脆的信纸。已经七年了，被拿走的东西应该已经找不到了。

七年前军训即将结束，你和很多同学一起信誓旦旦地说要写信给他……当时他告诉你们，最好还是不要写，所有寄到军校的书信都要接受审查，内容稍有不合适就会被直接扣下。边说着，边把自己的邮箱、手机、QQ都写到一张小纸条上，递了过来，说那里有机房可以上民网，以后想联系还是很方便的，你们永远是他的兵。当时围在那儿的一群人里，你站得离他最近，下意识接过那纸条后低头看了半天，等眼泪退下去，才小声回答说他也永远是你们的排长。其他人纷纷附和，一个个也是泪眼朦胧。

当时你怎么也不会想到，日后自己的每封书信都随着那混乱的感情一起，写起来时断时续，从来有始无终。其中有一封是你在二十一岁生日那天开始写的。你把自己关在屋子里，写写划划，连晚饭都没心情吃……直到午夜也未能完工。你盯着显示出“00:00”的电子表，又低头去看满桌子铺散的废纸，满桌子的潦草字迹，第一次感到绝望、感到万事归零……可是这样的绝望都没有将你击倒、让你长个记性，以至于在之后的几年里，你还是义无返顾地把自己绕了进去。

在之后的几年里，你总是会想起那时的他。那时他还是个刚升入大四的军校学生，不知道自己的路在哪里，不敢做傻事儿也不敢自作聪明，被派来给你们这群大一新生军训，每天都试图板着脸一本正经却每天都以失败告终……就是一个普通的年轻人。你怎么就爱上他了呢？这未免也太不合常理。你怎么随便一爱就爱了那么久呢……这未免也……太不合常理。

能用常理解释清楚的，那不叫爱情。

[2] 在征服宇宙的大军里

你升入大二的那年，他大学毕业，听说是被分配到了西藏。听说是他主动要求去的，学校里表扬了他这种精神，理所当然地满足了他这个高尚到不可思议的愿望。

他没告诉你这些细节。是你在人人网上厚着脸皮重新开始联系他军校的同学，才得到了点儿关于他的具体消息。一条告别的状态都没有发，也没有注销账号，他只是单纯地不再出现，还换了手机号码。

被你联络上的那个同学主动提出，可以帮忙查查他现在的通讯地址，但你就是不要。你就是不死心地想着那一丁点儿的可能性，觉得他早晚会像若干年前那样把通讯方式一手奉上，然后说你们永远是他最好的兵。

在整个大一期间，你们始终保持联系，在节假日互相问候，在很多个无聊夜晚像打了鸡血般聊到凌晨。你就是不相信自己和他还不算朋友，不相信自己那么让他厌烦以至于需要利用分配调动的机会决然甩开。

你不死心地等了足足四个月，才等到了那封长信。

信里其实没写什么，总结了大四的生活，交代了以后的打算。结尾几段，翻来覆去其实就是那么一句话：虽说西藏很远，以后也总能找到机会再次相见。

在信里他告诉你，哨所的条件很苦，以后没有手机、没有电话了，想他的话就给他写信吧。

可是你没有。你彻彻底底地失败了，一封信也没有写成功，自然也一封都没有给他寄过去。最后你觉得这简直是命中注定的波折坎坷，对着信哭了几次，也就慢慢放下了和他通信的念头。

可人生在世，有些事情是不能放下的，放下了就在别处生了根，再也拿不起。

你是在若干年后才明白了这个道理。

[3] 不需要你认识我，不渴望你知道我

在军训之前，辅导员曾再三提醒你们要“理性对待军训期间产生的一切情感”，说得明白点儿，就是不能和教官谈恋爱。那时候你觉得这提醒实在万分好笑……虽说是刚升入大学迎来“解放”，可怎么也不至于那么心急难耐，看到适龄男性就不管三七二十一蜂拥而上。

辅导员看到你们一脸不以为意的表情，叹了口气说不要不信，这种事情早有先例。晚上宿舍熄灯后你们还就这件事儿讨论了很久，争辩了很久，一致认为辅导员所说那妹子肯定还太不懂事，太年轻。

所谓的教官不过就是个军校的学生，天天就是纪律条例军容军纪。当时你这样想。

只是二十多天而已，哪里来得及动什么感情？脱了这身军装便是转眼相忘。当时你这样想。

现在你知道自己才是很傻很天真的那个。有些事情只能用“碰巧”来形容，碰巧遇到了就只能认命，碰巧遇到了，一眼万年，怎么都会来得及。

你早就知道爱上一个军人要忍受多少苦，你早就明白一个军人的未来是多么难以承诺又是多么枯燥无聊，有些事情想想就知道了……当时你沾沾自喜于自己的小聪明，却忘记，若是连承受爱情的勇气都有了，谁还会怕什么承受冷落、承受苦难折磨？

在军训刚开始不久的某天，吃过晚饭你们开始学军歌。每人手里都拿着张歌词单，可夜幕降临的时候光线黯淡，纸上的字根本看不清，只能逐句逐句地跟唱。

带队列训练的教官纷纷声称这几天已经喊哑了嗓子，最后把教歌的任务托付给了一位面生的文职人员。文职尽职尽责，一板一眼地教着、指挥着。大家与那人不熟，也就没有起哄开什么玩笑，只是一板一眼地学着。

当时你漫不经心地重复着那些热血字句时，渐渐有些晃神，却突然听见了他的声音。转头时你才意识到，自己正位于整个队伍的边缘，离教官们坐的位置着实不远……几乎可以说他就坐在你旁边。

他目光专注地凝视着指挥，一边微笑，一边低声唱着，声音温柔地流淌过你耳际，因日落后的昏暗而模糊，因周围其他人的声音而模糊……模糊而美好犹如雾夜星河。

你有些好奇也有些紧张，假装也在盯着那个指挥，实际却拼命在用余光去看他，看他那么罕见的微笑：他笑起来总是过分灿烂，带着独属于军人的爽快豪迈，对谁都是一样的……唯有此刻，那笑容轻松随意，真实得触手可及，独一无二的英俊。

那么大的世界那么多的人为什么偏偏是他坐在了你旁边？夏夜的微风拂过他再拂过你，头顶星辰万里。你们在黑暗中高歌，像是年轻到不懂得忧愁。

军训结束前，拿到他手机号的那一天，你决定以后经常和他联系，想了想又怕这样的行为太过招摇怪异，所以去请教了辅导员，问她和自己当年的教官是否还互通音讯。那位柔柔弱弱的女辅导员摇了摇头，说这个也要看各人的缘分。

那是在晚上，昏黄灯光从你们头顶的枝叶间漏下来，斑斑驳驳地落了一地。你莫名心慌，看着她的眼睛。她的神色再怎么认真，在你看来也多了几分漫不经心。她怎么可以就那样轻而易举地为这件事确定了性质？

“缘分”这两个字该有多重？人这一辈子……能有几次相遇可以用“缘分”来形容？

[4] 不需要你歌颂我，不渴望你报答我

当年军训快要结束时，在休息的间隙大家把他围住，纷纷要求他在自己的迷彩服上签名。他给你签在了左袖口上，字迹工工整整，普普通通。阅兵式你们齐步走的手臂摆得很高，他的名字就一直在你的视野里晃动。

后来你把那套迷彩服收在衣柜顶层很久，每次翻找衣物的时候都会扫过它几眼。换季了就把它和夏天穿的长裙一起收到了吊柜里，年复一年都不再想起，直到毕业时母亲帮你收拾宿舍才重新翻出。母亲说要拿回家的东西太多了，这破衣服有什么好留的，又不是什么国家领导人的签名，还是扔掉吧。那语气听上去并不像在商量，更像是随口一提而已。你短暂犹豫了几个瞬间，便回答说好。

时隔四年，它终于躺到了宿舍楼的公共垃圾箱里。

那时候你想，反正自己还可以去西藏找他。留作纪念的东西，到时候想要多少再问他要便是。把这套衣服这个签名留在家里又给谁看呢？叫人知道了，还不一定怎么看你。

军训结束后，你在人人网上加了很多他们学校的人，和那些人聊了很久。聊军训的趣事，聊军校的生活，冷不丁的还会有一两句

谈起他……当时最重要就是这一两句。

后来，你逐渐不再和他们交谈，却也懒得删除好友。他们的状态还是会隔三差五地浮上你的首页，你看见之后会习惯性直接跳过，不再关心那之后的喜怒哀乐。周围来来往往的人那样多，各自都有着各自的生活，谁也顾谁不得。

你以为你早就忘记了。可在三年前，在大学生涯结束后，当朋友问你是否一起去西藏毕业旅行。就在你开口答应的那一瞬间，有关他的记忆突然汹涌……让你简直分不清楚自己是真心想去西藏呢，还是为他而去。

人这辈子总该有那么一两次，为了梦想，抛弃现实。总而言之，在彼时的你看来，毕业是一个最好不过的机会，让之前的生活告一段落，让曾经的懦弱告一段落，趁着年轻去做些以供日后怀念的白日梦，把脚踏实地换成空中楼阁。

在火车上待了将近五十个小时，戴着分配好的氧气瓶，忍受着可怕的高原反应，透过车窗看见一路越来越蓝的天空，看见藏羚羊与牧民，雪山与湿地。一路上你都在断断续续地想到底能不能找到他，找到他后该说些什么，却怎么也想不清楚。曾经无比自然的闲聊如今变得异常困难，你有太多的话想说，太多的事情想谈。

毕竟这么多年了。有太多太多的事情不一样了。

[5] 在灿烂的群星里

军训期间，有次全营合唱比赛。他熬夜为你们挑选歌曲，最终定下的是《祖国不会忘记》。

那几天你把这首歌下到了MP3里，每天循环播放，听着它入睡，第二天到食堂里吃早饭，耳朵里都一直回响着它的旋律，在之后的几周里，一张嘴就会不由自主地将它哼起。每个人都在努力，互相加油说至少不能让那群认真负责的教官们太失望太伤心。

最后你们连理所应当地拿到了第一。这让他那么开心，讲评的时候夸了你们很久。后来你为了连刊的事情去采访他，问到有什么最难忘的事情，他都拿这件事儿举例。

军训期间，有二十公里的拉练，半夜十二点出发，凌晨四点半才能结束。你很担心自己能不能坚持下来，苦恼地向周围人抱怨。他从旁边经过，听到后一本正经地说，走不动的话我背你。

你慌张到无以复加，却还是用那种不以为然的语气笑着回答："不行啊排长，被人背着走才无聊呢。"

"无聊的话我唱歌给你听。"他还是那么好脾气地笑着，语气还是那么一本正经。

那些歌呢？那些你们唱过的歌被多少人唱过多少遍，答应要唱给你听的那些歌最后又被唱给了谁？谁是谁又非？

[6] 在辉煌事业的长河里

你试着回忆了下，发现时至今日，自己还是记得那首《祖国不会忘记》。

里面有句词说的是：山知道我，江河知道我，祖国不会忘记，不会忘记我。

那年你去了西藏，在广阔的高原上看到了山，看到了江河，也看到了他。

边境地区的街道上满是尘土，时不时还有牦牛在闲逛。楼房低矮，屋檐下挂满了风干的牛羊肉，酥油的味道在稀薄空气中弥漫。房子的外墙是黑色的，房顶上是五颜六色的经幡。在那贫苦落后之中，自有一种原始到可怕也纯粹到可怕的力量，关乎最执着的信仰。

同行的朋友兴致勃勃地看雪山去了，留下你自由活动。路旁有家门面很简陋的温泉馆，据说，驻兵请下假来县城休息的时候都喜欢往这儿跑。你闲来无事，左思右想后还是决心要去碰碰运气，问问兵站的位置。

有时只要你下定决心了，整个世界都会帮你。

推门而入的时候你没有看见他。里面的人看不出谁是战士谁不是，驻兵们请假出来，穿的也都是便装。他们打量了你几眼，没什么特别反应。你选了个面善的青年，开口询问那人却一个劲儿地摆手……直到你说出了他的名字，那人才一脸惊奇，突然快步奔到门口，朝外面呼喊了几声。旁边一座房子的门打开了，正是他从里面走了出来。

他一脸无奈地应着，先看到了那人，才看到了你……突然定在那里不再向前。

你本来准备朝他走去，迟疑了一下却改变了想法，开始低声唱那首歌。才唱到第一句话他就开始笑，笑得和从前一样灿烂，好像这些年来时光从他身上什么也没有抢走，他还是当年那个大四的军校学生，犹犹豫豫，忐忑不安，年轻而温柔。

现在是中午又正是夏天，阳光猛烈，朝屋外看去让人有点儿睁不开眼。阳光猛烈得像是若干年前的军训，这是你这辈子晒得最狠的一次，每个人都身披万丈光芒，回忆中的画面永远明亮。

你没笑，只是站在那里腰板挺直手贴裤缝儿，继续唱了下去。他小跑过来，说："这么久了还没忘啊你。"你没问他指的是没忘什么，没忘记这首歌还是没忘记他。

知道你捧着单反来边玩边摄影，他带你爬上附近的一座小山。那边很偏，不是惯常的旅游路线，但是非常美丽，能看见那奔涌的河流与茫茫雪山。

你夸张地赞美了这里的风景。他瞥了你一眼，笑着说："当然了，我从来没骗过你们啊，答应说要帮你找一处漂亮的地方就肯定不会食言嘛。"这句话听起来相当耳熟。若干年前军训的时候，队列彩排，按照纪律应该在操场内原地休息。他却神秘兮兮地说大家拿好水杯，我带你们去找个风景优美、凉爽宜人的地方……大家不情不愿拖拖拉拉地起身，没承想还真被他带到了操场外一片很大的树荫。当时他也是很开心地说："怎样我没骗你们吧，你们刚才还都不信。"这些琐事在记忆中共鸣，温暖而熠熠生辉。

你们随意地聊着这些年的事情，都自觉自发地把悲伤无奈讲述成了荒诞可笑。你告诉他自己有次在异地搞丢了钱包、手机，结果在火车站的肯德基待了一夜。他告诉你驻守期间发生的趣事，曾经多少壮汉因思乡痛哭流涕，就他和没事人一样整天傻笑，结果被群起攻之。

你说生活单调点儿就单调点儿吧，至少这里很美而且无污染啊，饮用水都是来自天然雪山。他笑了笑，也跟着你朝远处望去，说既然这么美，要不你也留下来住吧。

一瞬的决定可以左右命运，你等这一瞬已经等了四年，断续饮下的慢性毒药终于足以要人性命。你盯着他的笑容。他笑得依旧那么温柔……温柔而骄傲得像是个国王，而这苍茫高原就是他守护的地方。你仿佛又听到了四年前他那模糊如雾夜星河的歌声。

自称不相信爱情自称了那么久，然而就在这一瞬间，你发现你爱他。犹如一位并不算虔诚的信徒，在平日里对那些宗教圣意漫不经心，却有一天从冗杂红尘里看到了神迹。与欢喜相比，更多的是诧异。

你在心里问自己值不值得。答案显而易见。你说："好啊，那我真留下来了，反正有排长陪着我。"

他叹口气揉了揉脸，轻描淡写地说："这么多年了，你怎么就一路傻到了现在呢。"

你不承认自己傻，辩解说自己是专攻语言学的，可以来这里研究藏文，而且他当年不也是主动要求来西藏……

"你想啊，等分配命令下来后，我们这些分到西藏的肯定要微笑着说，这是自己要求的。哪有真心想来守边的啊……"他苦笑着说。那是真的苦笑，眉毛皱起来，眉心处一道浅浅的纹路特别显老。他说咱们排当时多少人说要和我常联系啊，最后谁给我打几个电话写几封信了？也就你这个疯子还跑来看我。

他说："我和你说句实话吧，我不相信距离，也不相信时间。"

你看着他，觉得这时候自己该哭了。可你没有哭出来。草原上的风太大，大概能把没流出来的眼泪都风干了。

后来他又领着你回了之前那间屋子，邀请你进去，就和进自己家一样自然熟稔。

你小心翼翼地挤进那道窄门，抬头时发现有人正站在旁边，用热烈到可怕的眼神看着他。那是个藏族姑娘，穿着背心式长裙，图案鲜艳的印花布围腰。颈间戴着一串美丽的玛瑙项链，手腕上是银镯子，乌黑的发辫绕在头上，银发饰上嵌了红珊瑚……非常美丽。不是秀气，而是在艰苦与寂寥中打磨出的那种美。很明亮的眼睛。

他帮你和那姑娘互相介绍了一下，拜托她照顾好你，然后就匆忙离开。这里对休假时间控制得很严，再晚点儿就没法按时回去。那里离县城太远，你跟去的话会误了接下来的行程。毕竟不是专程来看他的，你和他都清楚这一点。他介绍那人时说的是：女朋友。

那姑娘的普通话说得挺不错。在他回兵站之后，你厚着脸皮留在那里，和她毫无障碍地聊了很久。

她说他们在上面洗衣服很不方便，一洗就冻上了，根本晒不干。这些藏民就来兵站拿衣服回去洗，按件收钱。就这样一来二去的，她和驻兵们慢慢熟悉了起来。

你问他还好吧，藏族姑娘很快地点点头说还好，满脸的欲言又止。

“他刚来这里的时候特别难受。”聊到最后的时候她终于告诉你。那天她去拿衣服去得比平时早，发现有个在门口站夜岗的人正偷偷流眼泪，高原上的月亮那么大月光那么好，把他一脸惨兮兮的表情映得分明。

她为你准备了酥油茶。你捧着那热乎乎的一碗茶，边喝边听她讲。这味道你其实喝不惯的，又涩又苦。

这苦涩就那么一口一口地被你饮到了心里。

告辞的时候她执意要送你出门。你和朋友们会面后，很快出发去了下一个县城。

你在前面走，朝无尽的远方赶去，隐约听见背后有歌声传来。藏族人唱歌都没什么谱子，自由自在，随心所欲。那歌声里也就总有些不一样的风味，那么生动那么真实。在这辽阔高原上，听起来美妙无比，让人想起了野火和秋风。野火燎原，秋风萧瑟。

可是野火烧不尽去年的草，秋风摇不落前日的花，它们摧毁不了记忆。

[7] 山知道我，江河知道我

今年你要结婚了。那是个非常优秀的人。所谓优秀，指的是认真负责温和有礼门当户对，对你也有耐心。

秋天的晚上，你和未婚夫一起走在海边，看路灯从光秃秃的树枝间漏下温暖的光线，觉得快乐安和，对日后的生活充满了憧憬。你们有一搭没一搭地闲聊着，更多的时候两个人都在沉默地看着大海，看着黑色海面上破碎摇曳的金色灯光。走着，走着那人突然就问你，之前是否曾爱上过别人。神色看不出认不认真，语气倒像是在开玩笑。之前从没人问过你这样的问题。

你不知道该怎么回答，不过，就在那无限漫长的一瞬间，你好像看见了他。他穿着那身作训服，留着圆寸头，还是那样灿烂地笑着……眼睛里却满是泪水。眼睛里闪烁着万里星辰。终于在这难得一见的幻想里，你见证了他的哭泣，分享了他的痛苦与秘密。

你最终笑着摇摇头，说感情只会越来越深的，爱的标准也就越来越高没个尽头。你说你之前连爱是什么都没搞清楚，哪有余力去爱上什么人啊。

这都是彻彻底底的谎话。

在过去的很多年里，你一直能说你“爱”他，也一直能说你对他很有“感情”……却也一直难以将“爱”与“感情”合二为一，声称自己对他怀有爱情。

你听说，世人用来判定男女间的情谊是友情还是爱情的标准，即为“是否怀有欲念”。对他，你从没有这种东西。你不曾想象自己会怎样吻他，不曾渴望轻抚他的面庞。你从来都满足于遥遥一眼，见他安好便足矣。

[8] 不会忘记我

刚接到信的时候你非常珍视它，哭的时候都会先小心翼翼地把它放到一旁，不让一点儿泪水沾上……所以除了那些原先就有的折痕外，它被保存得完好如初。

现在你开始觉得后悔。没有纸上泪痕来记录长夜愁苦，那些你毫不犹豫做过的傻事儿都显得太不真实。就好像所有年轻时的记忆都不是你的，而是你记差了，把某部青春剧脑补进了自己的生活。

毕竟到了秋天，明明多加了几件衣服，此时却还是从指尖上泛起阵阵凉意。拿着这封信，你的手指有些发麻，无比小心翼翼，把它在桌上完好无损地展开铺平。

你读了一遍。这次没有哭，全神贯注地读也觉得有些读不进去，就像在看属于别人的故事。就像演员在看过季的剧本，怎么都懒得入戏。从西藏回来后，你曾觉得自己一辈子都会把它带在身边，直到垂垂老矣，直到你戴着老花镜，对着夕阳，从那些字句里把青春的回忆重新拾起。可是现实没那么矫情。

你觉得心酸，觉得不甘，但这能有什么办法？相守陋室，亡命天涯。人生如梦，再长的梦也不过如此，一厢情愿地陷入执迷，心心念念也斗不过岁月，争不过时间。

时间把那些毫无意义的愚蠢举动从你生活中剔除掉，留下的唯有漫不经心。

昨天夜里下过很大的雨，早上路面还有积水，水面倒映着两边的宿舍楼，以及北京罕见的蓝天。轻风扫过去，树叶沙沙作响，叶面的积水也被扫了下来。

你从树下走过时，来不及防备，胳膊上落了几滴陈雨。恍然间又想起了军训时的某天，就在差不多的位置，在比现在热得多的夏季，他挨个检查齐步走摆臂动作，为你们纠正手臂位置。走到你面前的时候，你想要盯着他却不敢，只能尽可能地做出标准姿势，心跳加快，身不能移、口不能言、耳不能闻、目不能视……你正精神高度紧张，却突然感觉手臂上有点儿异样。好像有东西滴了上去。下意识移过目光，他下颌那悬而未落的几滴汗水，晶莹透亮。

手臂上的皮肤仿佛开始燃烧。十多分钟后终于解散休息，你第一个动作就是伸手抹过那里。湿漉漉的一片全是汗，他的那滴和你自己的混在了一起。极致的亲切与私密。奇怪的是你却没有感到恶心。盐分水分，那些共同度过的光阴，那些迟来的泪水。

那些记忆就这样毫无征兆地跳出来，注释了你每时每刻的生活。

漫长的时间里，你与汹涌的人群相遇，最终却好像只记住了这一人。军训的时候，他走在队列左侧，带着大家喊口号。上课的时候，他坐在旁边听你抱怨专业课负担重又太无聊。听讲座的时候他提前几小时去帮你占位置，放假回家的时候帮你拎行李到火车站。下晚自习回去，他和你肩并肩走着，哼着军歌来给你壮胆……回想起这些年，他根本就不曾出现，那些纷涌的记忆却带来错觉，让他一直就在你身边。

然而你在他的生命中无可挽回地缺席。那么可怕的时刻。他远在异地，孤身一人，面对着难以想象的枯燥生活，面对着残酷的命运……你只记得他的笑容，却永远无法窥见他流泪时的模样：欢笑与泪水是不一样的。欢乐短暂而轻浮，能与千万人共享；痛苦永恒而沉重，只留于自己独品。

你慢慢停下，茫然不知所措地看着远方的道路，看着道路旁的树木，还微仰起头来看了看雨后清澈如洗的天空。这个世界突然变得陌生，孤独沉重到让你迈不开步伐，只能站在这里思考自己的生活。

似乎你依旧爱他。

最悲惨的事并不是发现一场无疾而终的爱情。而是发现，时至今日你依然爱着他。这是一种很古怪的爱，犹如一把埋在泥土中的古剑。天长日久在黑暗中销蚀，然漫长的期待与漫长的光阴编织了无数传说、无数神话，在重见天日的一瞬，不管如何斑驳锈迹，世人眼中它依旧削铁如泥，万分锋利。

最悲惨的事情是爱情有疾而无终。

犹如在使用电脑时开启了某个后台运行的程序，然后忘记了把它关掉，也忘记了删除那些操作数据……这么多年没有想过要特意保存这封信，只是忘记了要抛弃，莫名其妙地就留下来了而已。

这么多年了也没想过要始终如一地爱着一个人。只是就这么爱了而已。

[9] 我把青春融尽

你重新装好信。你把它随手夹到了一本厚厚的书里，没准备记住这书的名字。或许你永远也不会再看它第二眼。或许下次搬家，整理书柜时刚巧还会把它翻出来……如果真有那么巧，你对自己说，那就再去找他，从茫茫的人海里找到他，亲手还给他这封信。曾经他说不相信距离或时间，你要亲口告诉他，如今正是距离与时间成全了一场荒谬到神奇的眷恋，可见有些事情信或不信都毫无意义。

信或不信，那些感情都不摇不动安稳如山，如江河般无声无息地壮大。它莫名其妙，惹人伤怀。你想要把它放弃……不过是愚公移、山精卫填海。你不敢打扰他的生活，只是想亲口告诉他这些而已。

山是遥远的、沉默的、居高临下的、一身翠绿的，那翠绿让你想起了他的军装。它可能只是沙土的聚集，从远方望去却依然可以像拔地而起的石刃，直指苍穹。它在云雾缭绕中模糊却美好得犹如一梦。

他若为山，你甘为江河。在漫长的青春里从他身旁沉默行过，在沉默中哀悼自己的爱情。然而不管如何哀悼，你依旧要一路东行，挟卷着他给你的那些沙土、那些记忆。

不管前方是不是咸苦汪洋，你总要一路东行。

那些千金难买的光阴

小学四年级，我和别人打了此生第一架。至少是有记忆以来的第一架。

对方是我小学同学，不同班但家住得近。外号鸡心，本名金鑫，从名字看就知道家里很缺钱……而他也确实是低保户，每次儿童节都会被叫去领补助文具的那种。

实际上他总买很多零食，独自回家的路上边走边吃，吃完才回去。我向父母讨零花钱的时候常用他做例子，表明“低保户家的孩子生活过得都比我富足”。后来，我更倾向于相信自己脑补出的另一个解释：他在偷家里的钱买零食。这种事情，不得不说，我自己也做过一两次。

总而言之，那时鸡心就像个喜欢偷钱的孩子。这让人暗暗地觉得不耻。可小孩子在一起踢球做游戏的时候谁管你耻还是不耻？我们只把他当作平常的一分子。他也只是安安分分地参加着集体活动，每天和我们在院子里疯跑疯玩……而我直到上高中了还能一眼认出他，是因为后来和他打了一架。

事情是这样的：鸡心玩扑克时赢的次数太多，又不懂谦虚，后来争执起来说了几句连和我打架都不怕的气话。而其他人对此的态度是……幸灾乐祸地催促鸡心来找我打架。他们全都相信鸡心打不赢。

而鸡心这小孩儿还真有勇气，说话算话，以后每次见我都死命瞪几眼，生怕我看不出来他在挑衅——真是自不量力的愚蠢行为！

我的个子比他高出一截儿来，三年级开始就在校体育队里，肌肉发达，头脑不简单。

似乎所有人小时候都是暴力分子，看热闹不嫌事大的那种。在接下来的两周里，小伙伴们积极地帮我们确定好单挑的时间和地点，最后的情况是我被一圈熊孩子围在中间，箭在弦上，逼上梁山，走投无路，无可奈何，觉得自己都没怎么出手，顶多在他冲过来的时候推了一把……他就已经哭丧着脸坐在地上了。

怂恿鸡心和我打架的这堆人笑嘻嘻地站在旁边看着，起哄说："输了吧，认怂了吧，还好意思哭？"有人似乎还来拍了拍我肩膀，说："你真厉害，太帅了。"

我在旁边仔细地看了看，鸡心一直在揉眼睛，脸上也有了红印子，但他好像真的没有在哭。哭的时候是要抽鼻子吸气的，不会这么沉默。那天鸡心把眼睛揉红了，然后定定地望着我。我突然觉得非常丢脸，我替他感到丢脸。我再没见过哪个男的能露出那么唧唧的哀怨表情。

我真厉害，我太帅了。可还没等我认真回味胜利的感觉，就有某饭后散步的大妈注意到了这边诡异的动静，喊了句"你们干什么呢"就往这边走……然后所有人马上都散了，我溜得尤其快，因为即使是鸡心主动向我挑衅，我还是莫名觉得理亏。

鸡心还坐在地上没有跑。

而我之后很长很长的时间都没再见过他。

可是那天走了之后我产生了莫名的歉疚，即使我赢了他输了，我们还是小伙伴，我还是不应该就那么把他扔下的。

可能是因为他似乎觉得太过丢脸，不再和我们玩了。

也可能是因为他搬家走了。也或许他只是毕业了呢，我连他在哪个年级都没有记住……总之这件事就算完结了。

而我和鸡心打的第二架，其实根本就没打起来。

我凭体育特长生的身份跨区升入市重点初中，然后收心学习，凭成绩考上了省重点……和鸡心居然在同一班里。

和这小子在同一班里。真是千里有缘来相会，不是冤家不聚头。看到新生名单的时候我以为只是重名的人，等见到他才意识到，这么俗气的名字不是谁都能忍得了的。

不出所料，超级普通的鸡心后来上了我们小学所在区片超级普通的初中。出人意料的是，中考他考了全初中第一，顺利来到了这里。而我们俩谁都没提起小时候的事，心照不宣地装作不认识彼此。

在高中，他低保户的特征表现得更明显了，脚上二十元钱的胶鞋在我们高端大气的各式球鞋间显得很是扎眼。不知道这些年都经历了什么，他越来越能坦然地面对真实的自己，不再别扭地非要加入集体活动，而是优哉游哉、怡然自得地内向起来，高中三年甚至都没打过一次篮球。

我和这种人理所应当直到毕业都说不了三句话，可挡不住中间被隔壁班某个妹子的搅和。

妹子名为韩笑语。某次我打完篮球回教室，走到楼梯拐角时，看见她从水房出来，手里捧着个浅蓝色的水瓶，扎着松松的马尾，很灿烂地笑着，和同学们讨论着。我看见她，觉得心里突然多了点什么东西，可能是被命运踹了一脚多了块淤青吧。

我决定开始追她。

……然后随便去问了问就知道，这个看上去并不算太惊艳的妹子居然是声乐特长生，在学校的诸多文艺活动中都独当一面。说得直白点，人家不一定能看得上我。而在年轻时，爱情让人卑微而坚韧。

几经权衡我还是决定开始追她。手机号很简单就搞到手，闲着没事就去搭话，呼朋引伴地制造偶遇，下一步尚未展开时就到了她的生日。那年她生日是在周一，我周五就准备好礼物，放学后磨磨蹭蹭，准备等他们班人都走了门都锁了，再从走廊窗户上翻进去，把东西塞到她抽屉里。可实际情况是，等他们班锁了门，我们班里也只剩了三个人，我和我当时最铁的哥们儿，以及鸡心。

有哥们儿帮我打着气，一切都顺理成章地顺利。鸡心待在教室里目不斜视地做题，他家比较远，不能像其他人那样周末往家拎大摞辅导材料，在学校能多看一点儿是一点儿。他坐在那里就像是一个事不关己的见证者。不管我情不情愿甘不甘心，他都成为了这段正在萌芽的爱情最初的见证者。

我放好礼物，重新翻出来，锁好窗，冲在走廊上望风的哥们点点头。然后我们心安理得地背着书包回家，边笑边展望着未来。那时春风从我们的耳畔吹过，春风很快很快地吹走了那个周末。可在新的一周里，什么都没发生。

韩笑语就像没收到那枚胸针也没收到那封信一样，彻底而完全地忽视了我的一片真心。

而接下来的整整一周，鸡心都没有出现。没人知道鸡心去哪儿了。而且鸡心也没有手机，谁也联系不上他。

我所有的怀疑和焦虑都在这一周的时间的逐渐发酵，小时候那些恶意的揣测都从光阴的深潭里浮了上来。我怀疑是鸡心把礼物拿走了，反正他从小就像个喜欢偷东西的人。或者至少，他把那封信拿走了，或者至少至少他从中搞了什么破坏。

……现在回想起来不得不承认，当年我太多心了，把世界上所有人都当做自己的情敌，把世界上发生的所有事情都当作命运在阻挠自己的爱情。

在鸡心重新出现的时候，只有他座位附近的人象征性地问了下来表示关心，没得到答案。晚休铃打响后，大家动作麻利地往食堂赶，唯有鸡心磨磨蹭蹭……我也跟着他磨磨蹭蹭。

他站起来装作要往食堂走，最后却又坐下。我小心翼翼地走过去坐在他前面的位置上，想找机会开口询问，想为初萌的爱情求个安然无恙……可我坐在那儿马上就后悔了。过近的距离让我发现了自己不想知道的信息。

他哭了。这次肯定是哭了，不光眼眶泛红，还能看到眼泪亮晶晶地在那里打转。

我看着他，原本想问的问题突然变了。我不再想知道他为什么没来，只想知道当年他为什么一定要那么积极地挑衅我和我打架。我问了，但是他不回答。连问了几遍他都坚持不回答，我也失去了再问下去的耐心。

鸡心抽出几本习题集摔在桌子上，然后拿起来理整齐，然后又放回抽屉里。他没再哭，可看上去心情依旧很不好，而我感觉焦虑烦躁。我没兴趣去知道他为什么会心情不好，但我非常想让他解释清楚我刚才问的那个问题。

那天下午他最终也没回答。夏天的闷热黏在我们所有人身上，窗外是金红色的晚霞，电风扇嗡嗡嗡嗡地响着似乎永远不会停歇。我看着他把前半学期考过的所有卷子都整理了一遍，在他摊平新发的卷子开始动笔后，才回过头去做我自己的事情。

我眼睛都要看酸了，也无法从他的动作神情中看出答案，也无法看出鸡心到底是个怎样的人。后来都有人吃完饭三三两两地回来了，我跑着去食堂，也只勉强买到了两份绿色蔬菜。那天我边吃着菜边想，世界上怎么会有鸡心这样的奇葩，想着想着就有些同情。

过了一两周，我才在和同学的闲谈中意识到，金鑫戴着黑纱。据说是他妈妈死了，胃癌。那个下午我认真打量了他那么久，还是漏过了他胳膊上这小小的细节。

在鸡心缺席的那一周里，我对他产生了莫名的怨恨。但人心的复杂之处在于，它可以让怨恨与同情共存。而那些同情，让我不由自主地想要对他好一点。

我旁敲侧击地向所有可能知道的人询问，我们高中有没有什么可以申请的助学金。我关注着他的班级排名，为他的任何一点儿退步而焦虑，好像这全都是我的错，是我不该那么怨恨他、那么怀疑他，不该在小学的时候和他打架。

事情本该就这样过去，我们尴尴尬尬地度过自己的高中生涯，然后这辈子也不再相见不再想起彼此。可那天吃完午饭回来，我在自己抽屉里发现了一封信。

信封上没有字，而我下意识地祈祷着它是来自韩笑语的回信。

其实不是的，虽然它确实是韩笑语写的，但不是回信，而是韩笑语写给鸡心的情书。鸡心不在教室里。我要疯了。我已经把那封信从头到尾看了三遍，拿着信发疯了地出去找他，做好了跑遍整个校园的心理准备，却在走廊里没走几步就遇到了。

我是个讲道理的人，讲道理之处在于我打架之前总会先进行确认："那封信是你放我抽屉里的？"他表情坦然地点点头，于是我冲上前揪住他领口，正准备动手……却发现。他不是一个人，他身后跟着韩笑语。

韩笑语并非像个女侠般神情肃穆大义凛然，也并非如平时那样像女王般盛气凌人。她更像是个花痴的追星少女，被诋毁偶像的人彻底惹毛，越过鸡心的肩膀把目光投向我，眼睛里闪着亮晶晶的愤怒。她说："陈恕你疯了？你赶紧把手放开，信是我写的和金鑫有什么关系？"她的声音听上去好像比平时更尖，听了让人很难受。

我还没反应过来这剧情的神转折，就听见鸡心突然抬高声音说："那和你又有什么关系？"

那年我们太过年轻，对所有狗血情节都无师自通。鸡心动作慢而坚定地把我推开，转头对韩笑语说："你先去忙你的吧。"我没看到鸡心的表情，但从韩笑语的反应来看，那一定是冷漠得过分了。韩笑语的眼里不再闪动着愤怒，实际上她变得面无表情，甚至还很诡异地笑了下，转身回到自己班里。

鸡心平静地扫了我一眼，又目不斜视地朝楼下走去。我反应了几秒才跟上，看见他走到公告栏，拉开玻璃橱窗，从旁边的小盒子里捡几颗图钉，把手里的几页纸钉上去。

我的大脑在彼时已经难以运转，激动愤怒失望以及太多的信息。我迟钝到等他钉上去才开始想他手里的纸哪来的——他手里居然还拿着几页纸，我迟钝到连他手里拿着的东西都没有注意。我的躯体凭借着本能把我迟钝的大脑带向公告栏面前……然后我才发现居然就是那封信，就是那几页信纸。我都没察觉鸡心到底是何时从我手里把信夺走的。

午自习即将开始，走廊里没几个人。

我可以事不关己地离开，等到众人最终发现这些信纸，指指点点地毁掉韩笑语的自尊也毁掉韩笑语对鸡心的全部好感。

我也可以把信纸拿走，义愤填膺地去找韩笑语告状，谴责鸡心这种丧尽天良的行为。

这两种选择都挺不错的，但当时我只是动作敏捷地把信赶紧揭了下来，然后回到了班里。

下午我叫了哥们儿一起去打篮球，大汗淋漓、筋疲力尽，终于觉得自己思维放空不再纠结。坐在我旁边的哥们儿递过来张纸巾，示意我擦擦汗，然后做出一副欠揍的纠结状。

“别装了，有话就说出来吧，爷扛得住。”

“那我真说了啊，我也是才听人说的，韩笑语和金鑫都在文学社来着……她好像还挺喜欢金鑫。”

“对，你说得真对，但是爷我早就知道了。你说晚了。”

后来我回到家，翻箱倒柜找出了小学毕业照，才发现如今的鸡心和小时候长得其实不太一样，更高更瘦，面部的轮廓越发清晰，眼睛不算大但是眉毛又粗又直，虽说没我帅得那么惊为天人，倒也五官周正，只是我一直没注意而已。斯斯文文，再加上一手好字、不差的学习成绩。够格的情敌。

我们当了半年多的情敌。我不知道这到底算不算情敌，因为鸡心根本就不和我争，是他的存在本身阻碍了我的爱情。韩笑语不会喜欢高富帅也不会喜欢上我这样品学兼优德智体美劳全面发展的优质男，但是她对鸡心这样的文艺男毫无抵抗力。家境贫苦，身世凄惨，特立独行，彬彬有礼，内向忧郁……韩笑语才十七岁，她再聪明沉稳八面玲珑也暗自向往着一段玻璃心少女的爱情。

揭下信来的那晚，回宿舍后我找准机会把鸡心堵在了走廊。我们面对面很近地站着，鸡心的表情很奇怪，好像很不耐烦，又好像很软弱。日光灯有些暗淡的光线落在他脸上，让他的眉眼带着模糊，看上去像是什么劣质的产品。

我把韩笑语的信装到一个结实的牛皮纸袋子里递过去，威胁他如果不好好保存着，那我们就真的要用暴力来解决问题了。而他起初并不回应，甚至像是在用沉默来反抗，可最后也不过是沉默着接过袋子。

然后开始长篇大论，说什么他不想让韩笑语伤心，他也挺喜欢韩笑语的，但知道自己不能和她在一起……中心大意是他是想把韩笑语让给我。这信息量过大的谈话让我再次陷入迟钝状态，只顾听着，然后点头然后转身离开。

真是可笑，我居然需要他来谦让，他居然认为爱情是可以谦让的。这是对我能力的蔑视，是极大的侮辱，比被一群人怂恿着去和别人打架严重得多的侮辱……我甚至怀疑自己在这样的侮辱面前，会连带着丧失对韩笑语的那些好感，不受嗟来之食地放弃追她。

可我想了一夜后，得出的结论是我依旧喜欢她。那就继续追呗。

没有天时就笨鸟先飞，没有地利就植树修路，没有人和就死皮赖脸。韩笑语脸皮薄，需要捧着宠着让着哄着，鸡心这么强硬地拒绝一次，她心里的疙瘩恐怕几年都解不开。

我依旧天天发短信时常送礼物，她在学生会组织的活动次次参与，她在校外有什么声乐比赛我装病逃课也要去听。我为她学了吉他，元旦时积极促成了两个班合办联欢会，上去表演时边弹边唱边盯着她的眼睛。

那天活动结束后，我看到手机里有短信，韩笑语约我去了学校三楼那个八角天台。她手里拿着我送的那个礼品盒，要还回来。我说你不要可以扔掉，于是她随手就把盒子扔到了地上。盒子没摔开，胸针没掉出来。我盯着那个盒子，啪嗒。

韩笑语说："你别缠着我了，我想专心学习……这些事情，都不想了。"她说："你知道么，我担心被爸妈发现所以根本就没敢拿回家，现在你赶紧拿走吧，不可能的事情就是不可能。"

我当时好像是点了点头。

然后韩笑语的神色就缓和些，心平气和地讲述自己的想法，她觉得我根本就不了解她。她觉得自己就像个战利品，我之所以追求她只是因为她喜欢过鸡心，这是不对的。

我只能承认自己确实不了解她，不知道她居然会这样想。我本来以为自己喜欢她是因为她长得太好看了，在那时才发现并不是这样：是因为我喜欢她才觉得她好看的，因果颠倒了顺序。

在天台昏暗的光线下，她的表情并不美好，皱着眉头，非常不耐烦。但我还是喜欢她。不需要她漂亮，不需要她对我亲切友好，不需要她回应，"喜欢她"这件事本身就让我觉得开心。我是在追逐战利品吗？或许吧。

韩笑语劝我别再浪费时间了。然后突然就开始哭，自己拿出包纸巾来擦着眼泪，在天台的栏杆上倚着哭，就好像整个人的力气都用尽了。我不知道该怎么安慰她，觉得似乎该让她一个人静一静，但又放不下心走开。

她哭了一会儿或者很久，我在旁边看着，我很少有机会这么肆无忌惮地看着她，平时能扫见一两眼都会开心半天的。她说：“陈恕，我好像也开始喜欢你了，但我不知道自己喜欢的是你还是这种被人追的感觉，如果你不怕的话，我们就在一起试试吧。”

从那天后，她变成了我女朋友，在众人眼中算是万分般配的爱情。

我们在露天走廊上偷偷接吻，周末手拉手去海边玩，接受身边同学的玩笑与祝福。

她没给我回过情书，我们心照不宣地连“情书”这两个字都从不提起。我们安稳地相处，回避掉所有困难与苦难。而在之后每当我和笑语吵架闹别扭的时候我都不可避免地想到他，认为这个名为“鸡心”的瘟疫，它感染了我们的爱情。

他其实存在感并不强，只是某次我去看韩笑语演出的时候，居然在台下也看到了他……只有那一次而已，我抢走了韩笑语可是并不能剥夺鸡心继续关注她的权利。尽管这让我心生警惕。但不管我怎么留心观察，在韩笑语如此众多的演出中，也只在那一次看到了他而已。

分文理班的时候，我选择了理科，而鸡心和韩笑语都毫无悬念地选了文科，他们被分到了同一班里。我有时候会开玩笑地向笑语打探她男神的最新消息，然后表现出可怜兮兮吃醋生闷气的样子，最后被骂神经病。韩笑语喜欢热烈而光明磊落的生活，然而她更像一团火而非太阳，总是飘忽不定四处转移地燃烧着，在热情熄灭后永不怜悯灰烬。她真的不再喜欢鸡心了，但也不见得就喜欢我。依我看来，维系我们感情的关键应该是感动以及同情。

她和鸡心本来可以做普通朋友的……但后来好像话都不怎么说了。主要责任在鸡心，他可能觉得要避嫌。而我和鸡心的关系倒有了莫名的进展，至少能正常地交谈几句，不再像从前那样古怪别扭、剑拔弩张了。

不管这哥们儿出于什么心理把韩笑语“让”给我，我都应该感谢他。他可能是觉得自卑，觉得自己反正也争不过我，觉得韩笑语和我早恋会更幸福。可他这个傻子并不知道早恋其实本身就是幸福，再苦涩再不成熟也是幸福。高考的成绩替我们决定了太多的事情，而早恋时我们是看不见也没打算看见未来的。

后来我吉他弹得越来越好。

从高二开始，我渐渐地也在学校里的各种文娱活动中露脸。有时候还会给韩笑语伴奏，她的声音很美，美得简直像精灵或美人鱼。后来有校外的乐队来找我临时客串，把民谣吉他换成了电吉他，在灯光下摇头晃脑。韩笑语为此和我吵了不少架，觉得我在浪费时间……可她阻止不了我，只能眼睁睁看着我浪费时间。

我以为我们会分手。因为我变得不再那么小心翼翼地对待她，不再那么死皮赖脸……我以为她会很快对我丧失信心。韩笑语从来不是个逆来顺受的人，她直接以班主任的名义给我爸妈打了电话，把我翘课的事情捅了出去，藏在宿舍柜子里的吉他被父亲找出来没收。我先和父母大吵了一架，然后和她大吵了一架。我说："你准备就这么对待我的梦想么？"她说："你准备就这么对待我们的未来么？"

我删掉了手机里所有乐队联系人的号码，顺便还删掉了几个我每次演出都来看的很暧昧的女生。不是因为我突然觉得我们能有未来了，而是我突然发现，面对着韩笑语我居然不敢承认我们是没有未来的。

我在目前为止的人生中经历的最后一次打架，发生在高三，不是和鸡心。

这次其实最没意义……或者说当时没觉得意义重大，再回头看觉得毫无价值。那是高三下学期，各高校给学校分配了自主招生的名额，根据全校综合排名分配，一切凭实力说话。我排名理科第九，说前不前说后不后，值得放手搏一搏。等A校的校荐资格下来后，我打听了前八名的意向，确信这个机会落到了自己手里。

可最后名单公布出来却不是我。教务处老师耐心和蔼地解释说："对不起，综合排名计算错了，你不是第九而是第十。"原本第十二名的人被提到了前面来，顺利地拿走这个资格。我要求看计分详情，这中年妇女爽快递过来几张纸，像是早有准备一样。在那些表格中，第十二名参加的航天模型航海模型比赛为他加了不少分数，而我那些四乘一百米接力、一百米短跑全都归类在"体育"大类里。我把那些纸摔在她桌子上，声称这上面的一切都在胡扯。

那老女人毕竟更有经验，并没有气急败坏地吼回来。她意味深长地看了我一眼，叹了口气，说："你觉得不公平，其他人都觉得很公平，规则就是这样的，你还是赶紧回去复习吧。”

我浑浑噩噩地往教室走，偏巧在上楼梯时遇见了那个排名第十二。他走在同学之间，与我擦肩而过时似笑非笑地瞥过来一眼……这次干架真是简单粗暴。我扯住他胳膊，直接一拳打在他脸上。没见血。高三了，见血不吉利。但是我确保他的脸颊在接下来几周都难以消肿。

真是一片混乱。他身边的同学对此不依不饶，何况又是我先动的手。大家厮打在一起，隐约能感觉到有人来拉架，没有人愿意停止。其实没下多重的手，但就是撕扯不休。最后一堆人出来把他拉回他们班，把我拉回我们班……我当时精神还是有点不稳，好像隐约看见拉自己的人里居然有鸡心来着。

被叫去思想教育是必然。

我从班主任的办公室里出来，看到鸡心站在门口，手里拿着本复习材料等着问问题，突然心里烦躁得要死，想把他那本书给扔掉撕掉。但我实在不想继续找事了，班主任的耐心是有限的，再让他训我三小时，估计他和我就一起疯了。

鸡心看到我从办公室里出来，哗啦啦开始翻复习材料，最后翻出薄薄一封信塞过来。信封上有字，看着挺眼熟，我想了几秒才反应过来是韩笑语的。韩笑语早就决定要出国，不再来学校了。本来我们说好一起出国的，用了整整一学期在学语言，可父亲后来和我好好谈了谈，说母亲担心我担心到失眠。而且家里也没有那么多余钱，我走了就是把家底都掏空了，以后万一有什么闪失完全担负不起。

我只能继续专心准备高考。而韩笑语，她被爸妈送去北京学英语考SAT，目标就是上美国前十的大学，所以她被看得很紧，但我们还是能抽时间在网上聊几句，发几条短信。能说的话越来越少，最后理所应当的，“分手”被挂在嘴边。所以就分手了，高三压力这么大这么关键，大学那么多年那么多诱惑那么多可能……谁敢等谁，谁敢耽误谁啊。

鸡心已经进办公室了，没法了解这封信到底是怎么回事，我边往教室走边把信拆开。是封情书。

韩笑语说她去美国之后，父母的意思是要在国外定居不再回来。然后她意识到自己还没忘记我，很不甘心自己的青春恋情就这么无疾而终。她说要我好好复习，她说祝我能实现梦想去拥抱一个特别美好的未来，她说暑假时她会等我。这封信很重要因为它是情书，它让我和韩笑语最初心动的人终于站在了同样的位置，它让我知道那些曾经的不甘、曾经的伤痕都已经平复了。

这封信的意思是，我们以为断了的未来还在。

而它之所以会在鸡心手里，是因为韩笑语那莫名其妙的浪漫情怀。她觉得事情总要有始有终，就主动去找鸡心和解，并把信寄给他拜托他，理由是“不能被老师和家长发现，必须要找个可靠的人”。

她在信里给了我另一个理由：希望我能去和鸡心和解，毕竟我们都走过了彼此的岁月。她没准备过高考，不知道在高考面前所有的人都变成了战友以及暗中竞争的对手，我们不能和解又早就已经和解。我回到了教室，找了个课间时间去和鸡心说了谢谢，谢谢把信捎给我。而鸡心只是点点头，继续去与模拟题搏斗。

对了，因为又一次“主动打架，寻衅滋事”，我累计被警告的次数终于过界，被取消了自招的校荐资格。规矩就是规矩。

关于这件事情，父母没责备我：估计是觉得都到高三了，不想再给我添什么心理压力。也没想办法找人去学校讲情：名单早就被公示出来，上报给大学那边了，再怎么计较都毫无意义。我没放弃地还是准备了材料申请自荐，自荐信最终石沉大海，同学们风风火火地参加各种自招面试的培训，我连参加笔试的机会都没有。周末回家吃饭，父母知道我心情不好，说话都小心翼翼地，安慰我说只要肯努力奋斗，最后一定能考取比 A 校还好的地方。而我自己也对 A 校的不给面子心怀怨恨，此处不留爷，爷再也不去了。

造化弄人的是，等高考成绩出来后，经过各种衡量，我还是填报了 A 校作为第一志愿，并被顺利录取。

高考前我桌子上堆着成摞复习材料，回家时书包里背着成摞的复习材料。在某本厚厚的辅导书里夹着韩笑语的信，我很少想起它，但我一直都知道它就在那里。这就像暗暗藏起来的备用勇气，能让人在心力交瘁的时候多坚持坚持。虽然我从没心力交瘁过。

高考结束后的暑假，我和韩笑语真的重新在一起了。我们用这最后两个月的时间搭建回忆，走遍了这座每处可以游荡的地方。

我们还找借口出去开了次房，但我和她只是和衣而睡，连相拥都没有。她小心翼翼地枕着我的胳膊，汗涔涔的。我整晚都没睡，看着她的侧脸，感觉不到任何欲望，也感觉不到自己爱她。第二天她醒来后，我眼睛酸涩得简直睁不开，差点就要哭出来。我再次提出分手，而她吻了吻我的肩膀，说她早就看到这天了，我们可以彼此分离，但一定不要彼此忘记。我的胳膊麻掉了，就像我身体中的一部分已经死掉了。终有一日那些死掉的东西会复活的，只要我们怀着足够的耐心。

韩笑语出发去美国的时候，我偷偷去看了她最后一眼。他爸妈不知道，连韩笑语自己也不知道。我打听到她出发的时间，和父母说那天要去和同学一起爬山，凌晨五点就守在她家路对面。七点的时候看见她自己拖着很大的行李箱从单元门里出来，身后跟着的父母也是大包小包地提着。她父亲把车开过来，把行李放在后备箱。上车。

我只是远远地看着，很模糊，特别是早上还有晨雾。我看不太清她的脸，但她在那大堆行李面前显得出奇地小。她那么纤瘦的身体里居然有那么多的勇气向异国他乡奔去。而我也只能是看着，缅怀着、回忆着。曾经我不相信我会爱上除了她以外的任何人，而如今我甚至不相信自己曾经爱过她。爱是潮起潮落，我们从某种意义上讲全都是旁观者，其实没什么权利去自己选择。

高中消磨掉了我所有的痞气。我把所有的暴躁都留在了那三年，毕业后彻底变成了手无缚鸡之力的白面书生。上大学后，我再也没有尝试过用暴力解决问题……虽说很不幸地，被人用暴力解决过问题。

被劈腿居然还这么窝囊。谁叫那妞的哥们儿多，小爷我的兄弟又分散在了天涯海角。

……其实真正的原因是那小子是个富二代，谁都愿意去交朋友的那种。我那在一起没多久的女友只等人家勾勾手指就乐颠颠贴了过去，而其他人不过是自发自觉地想来教育一下我让我死心。我知道自己并没站在校园恋爱链的顶端，却没想到自己在不挑不捡的情况下依然无法拥有一段陪伴。

那天我鼻子很痛，肋下火辣辣的，坐在图书馆门口的台阶上。

虽然已经闭馆很久了，周围没几个人，但这里能看见很圆的月亮。我拿出手机，不知道这种事情还能跟谁说，还有谁能理解而不是笑话我。最后我把电话打给了鸡心。

鸡心的学校离这里挺远，平日坐公交要花三四个小时。而那天过了四十分钟他就出现在我面前，肯定是打车了，有可能还是黑车。我没问他花了多少钱，其实有心想给他报销，但最后也没好意思开口。

我问他怎么就这么来了。他说谁叫我打电话给他了呢，然后坐到我身边来。于是我们就肩并肩坐在那里一起看月亮。

我也算背过不少古诗，小学初中高中必背的那种，可一次也没真正理解过那些矫情，除了那天。那天我看着月亮，想到了“月色空明如水”“月明星稀，乌鹊南飞”，想到了“明月别枝惊鹊”“人有悲欢离合，月有阴晴圆缺”。遥远的月球与平凡的世间出现在了同一句诗里，看上去居然出奇地有道理。

周围很静，风声虫鸣，可闭上眼睛时我从全然的黑暗里听见了韩笑语的歌声。美丽少女在舞台上微笑，台下坐着同样年轻的我和鸡心，我们都在盯着她，专心致志，期待而忧愁。她不再像火焰，而光芒万丈得像个太阳。我的胳膊，韩笑语曾经枕过的那只胳膊，又开始发麻了，像是在提醒我，血肉之躯赤手空拳的人，无法在和世界搏斗时取胜。

曾经我体内一直闪烁着噼里啪啦的火花，等待着去点燃某个引信造成一场爆炸。在那天晚上，突然所有的火花都、熄灭了。我心如止水，埋在记忆里的火药也都受潮。

那天晚上我与这世界和解。

鸡心语气甚为严肃地问："恕爷，需要我给你报仇么？"

就凭他？这小子越来越会开玩笑了。

我反问道："真需要的话，你能成功给我报仇么？"

鸡心也笑了，自言自语一样地回答："这倒真说不定。"

于是我们就笑着肩并肩坐在那里一起看月亮，仿佛两个朋友，仿佛我们从没打过架也没争个你死我活。我最后也没鼓起勇气问他，韩笑语的那封信他是怎么处理的，是不知如何是好地拿回了自己家去，还是随手扔到了走廊的垃圾箱里。

其实我更想问的是，他还记不记得当年我们在一群人的包围下单挑，他还记不记得当年的自己为什么要坚持和我打架。他还记不记得当年……可我已经没力气去打碎此刻的沉默。

他当时看向我的眼神，或许并不是挑衅而是无声的恳求，而我当时没有理解，现在回想未免是太迟了。他应该是不记得了。

成长过程中的每一步都太琐碎，我们从来意识不到自己是如何变成了现在的样子。那些曾经死掉的东西会复活吗？如果我们怀着足够的耐心。

青春永不复回，青春像月光一样洒向我们。

长夏

[你]

在这个离七夕很近的文艺汇演中，文艺部以促进校园爱情事业为名，决定奉演那出《恋爱的犀牛》。它是一个关于偏执的爱情故事：偏执狂马路爱上了明明，过分夸大了她和其他所有女人之间的差别，为她做了一个人所能做的一切。在谁都懂得用理智扼杀感情的今天，他像是人群中的犀牛般怪异得让人无法理解。

做出决定的那个下午，潘冲进你们宿舍，很激动地挥舞着一叠资料，指着你说，没错就是你，你当导演。

你把目光盯到那叠纸上，发现那是入学时上交的高中成长档案，它详细记录了你当年成功执导这部话剧的经历。

你觉得自己无辜而百口莫辩。你说那是在许多年前了。

潘眉眼弯弯地笑着。没有余地。

[的]

真的是许多年前了。

如果不是那次市话剧节，你不会知道学校已经宽容到如此地步：默许你们排练《恋爱的犀牛》以讨好那群大学生评委，唯一的要求是删改里面那些过于“成熟”的内容，而把关于“理想与信念”的部分做重点保留。

当时任务安排得很紧，你决定把他拖下水，扮演那个固执的情圣。

他皱起眉毛，很不开心地接过你手里的剧本，说我再考虑考虑，说你又欠我一个天大的人情。全班几乎都沸腾了，有人拍着你肩膀说一定要小心保护好女主角，防止她被妒杀。有人围着他揶揄：班草到时候冲评委多笑笑，一定就是最高奖……

他在巨大的压力下考虑了一整天，最后还是答应。总是这样，当时你们总会愿意为对方两肋插刀。

有他在，其他角色的人并不难找。经过了两周的磨合，演起来也算像模像样。排练的最后一天，下午早早就结束。众人都散了，你们两个留下来整理道具，清扫舞台。

片刻之后，大雨倾盆。没人带伞。你犹豫着，想给家住附近的同学发短信求助。他四处打量，然后突然从那些摞成山的废弃桌椅间抽出一把大伞，墨绿色，沾着灰尘。

把它伸到雨里冲洗几下，伞面顿时干净起来，水润到似乎有些动人。撑开后，发现伞骨断了几根，但还能用。他于是挑起眉毛，笑着对你说："走吧。"那笑容要多得意有多得意。

走吧。

你们小心翼翼地挤在一把伞下，书包反背在身前，肩膀紧挨。地面不平，积水成湾，你不小心踏上一块儿活动的砖块，趔趄着向一旁倒去，幸好被他眼疾手快地拉住左腕，找回平衡。

他压低声音喊着你的名字，说你小心点儿，这伞其实不大。在你耳旁响起与年龄不相称的悦耳低沉音。然后，似乎带点犹豫，握在你腕上的手轻轻松开。

你沉默了没多久，就开始念念有词地数台阶，想要转移注意力，来忽视掉这份亲密的尴尬。平日里犹如同性般自在相处，这次仿佛是中了邪，偏偏就显得尴尬。雨水在风中晃来晃去毫无章法，打在你们身上，带着湿重的气息。忽而有银亮的一道光，然后是雷声，如永不能止息的炮火般滚滚而来。这便是暴雨的脾气，叫人根本无从躲避。

从艺术楼到传达室，一百三十二级。还好，你们最终顺利抵达。

向传达室的老师借了把伞，他把湿透的裤脚挽起来，抱怨了几句，然后微笑着与你告别。

夏季白昼漫长，路灯亮了，周围却只是灰蒙蒙的雨幕。他撑着伞，挺拔的背影在天地的灰白中模糊。你在传达室等着父亲开车来接，时不时朝他离开的方向扫上一眼，直到什么也看不见。

经验证明，身体记忆有时牢固得可怕。此后的许多年，在每个失眠的夜晚，你左手腕的皮肤都会微微发烫。

每当此时你都会想，他的手心未免太过温暖了。

[长]

梦境里经常会有这样的事，原本隐秘的不再隐秘，原本坦荡的也不再坦荡。回忆不受控制地汹涌而来，那些陈芝麻烂谷子被一股脑地翻出，曝晒在你眼前。而你，只是觉得自己突然张口结舌无法追述有关他的所有事件。

在那个夏季特有的腻长夜晚你蓦地醒来，心生侥幸犹如躲过一场劫难。

还是那件事，它纠缠你甚久，无法摆脱。

体育课的时候，你们请假回去排练。坐在空教室里，对词对了没几句就开始闲聊。三言两语间，话题绕着话剧的内容逐渐跑偏，最后你们开始谈论爱情观——你早就忘记了为什么会这样——最后，他向你承认，自己确有暗恋对象。

“连名字都告诉你的话，还能叫暗恋？”他挑眉看着你，漫不经心地说，“暗恋，就是谁也不能透露。”

你颇为赞同地点头，然后把好奇心转移到了另一个方面，追问他暗恋到底是什么感觉。

他没说话，一心一意盯着自己手里转动的那支笔。许久，终于问：“为什么不自己试试？”

热风回灌，何处传来零星欢笑，它们的温度让你突然间说不出话来。

阳光猛烈地落在无数片小巧的树叶上，闪出一片白花花的光。他不再等待你的回答，只是看向窗外，说试试吧，挺刺激的。

你想起来曾经耳闻的惨烈故事——刀山火海，无数次遍体鳞伤……毫无必要。回答的时候语气很坚决：不趟浑水。

他摇了摇头，站起来的时候撞到了课桌，哐当作响。他走过去把窗户开到最大，然后撑着窗沿探头向外看，那些风让他的头发晃动摇摆。低沉声音从风里传来：“不趟怎么知道水浑不浑？”

已经这么久了，忍不住回想过去的你突然发现，他那时就像是冷兵器时代的名将，擅长用刀剑，寒光闪闪地解剖一切，气吞万里，睥睨疆场。而你浮躁得如同只会用火炮的冒失军官，计算错了方位，一声令下后只能看着炮弹呼啸而去，扬起漫天尘埃淹没了他的剑与刀。

那时太阳在天边将落未落地停了很久，始终硕大如盘。

你只是觉得自己深受刺激，默默吸一口气决定反击，问他，如果在四十岁的时候还是找不到合适的人来结婚，那么他愿不愿意和你结婚？

他听完你的话没有笑，只是叹了口气，说看情况吧，世事无常。

你当时错愕地站在那里，没有想到他的回答会严肃正经到这么毫无意义。你现在回想起这句话，只是想再问他一次，世事是怎么个无常。

而当时，他回头看见你不知所措的样子，突然笑起来，说原来偶尔让你震惊一次也挺有意思。

……当时你有无数句话想用来骂他的戏弄最后却都没说出口，因为突然间记起，确实已经很久都没有遭遇这样无害的惊讶了。

“别担心。”他最后这样说，然后迅速把脸转向窗外。你发现此时他的脸上并没有笑容。“到四十岁之前，我们还有很长的时间。”

他擅长假装，你擅长忽视。他能随心所欲地讲出各式含糊的谎言，假的也能说成真的。你能嬉笑怒骂地说出各种坚定的信念，真的也能说成假的。所以很多时候你们相互依赖，却又比陌生人怀有更深的隔阂。有极少数的几个瞬间你们能恰好地发现彼此，真假终于相对。

世事安好。

只是在他离开后的许多年，你们都没有再联系。潘说，这是种过于病态的执念，你是在等待最完美的时机来把一切重新开启，而完美的东西其实都是不存在的，所以只能日复一日地拖延下去。

[夏]

彼时你年轻得让人难以置信，与他不同，你总是因年轻而越发怯懦。

那次排练，从六点到七点半，礼堂。五点四十你去教室拿剧本。

拧动把手。锁齿发出清爽利落的咔哒声，门被打开。去食堂吃饭的人都还没回来，教室空荡。

你看见自己的影子爬到那排课桌中央，停住。在这样炎热的季节，夕阳都是灿烂的，辅导书参差不齐地立在你视线里，成摞成摞地投出几小片曲折阴影。他伏在靠窗的桌子上，沉沉而睡，每一处姿势里都浸透着疲惫。

你对着这幅画面看了十几秒，然后动作缓慢地把门重新合上，力求不发出任何声响。

退回到楼梯口，那里窗户大开，暖风长驱而入。

原来一见钟情真的神奇若此，心跳停滞头脑空白。只是不知道，在相熟相知到如此的地步时，这一眼惊心还称不称得上一见钟情？你无法问为什么，也无法为自己辩解。总之如此。

夏季的蝉鸣起伏徘徊，万物悠游自在地生长盛开，这是属于它们的季节，没有忧心忡忡，所有烦恼都事不关己。

你掏出手机来，看着上面的数字跳动。稳稳神，重新向教室走去准备将他唤醒。

混合着自己的心跳，你听见脚步声，不轻不重。

在楼梯拐角你与他迎面相遇，差点相撞。他看着你惊诧的表情，有些得意地微笑，挥动手里的东西，“剧本我拿出来了。”

你点点头，转身后几乎是落荒而逃。

[永]

七夕很快来到。

礼堂早已被布置好了，你从侧门去后台，那条狭窄的走廊老旧却干净，木质地板咯吱作响。

走廊上有扇很小的窗户漏进光来，能让你向外面瞥一眼会场全貌，看见正对舞台的墙上挂着横幅，红底白字是莎翁的诗句：你的长夏永不凋零。

会场逐渐人满，灯光暗。舞台上亮起几束灯光，帷幕拉开。

同一部戏会在不同时间不同地点在不同人的眼前反复上演。戏可反复，世事无常。

你回过神来，仔细辨认舞台上传来的声音：“忘掉你就不必再承受，不必再痛苦，忘掉你没有的东西，忘掉别人有的东西，忘掉你失去和以后得不到的东西。”是第十六场的末尾。

扮演马路的人在台上深情朗诵：“忘掉爱情，像犀牛忘掉草原，像水鸟忘掉湖泊，像地狱的人忘掉天堂，像截肢的人忘掉曾经快步如飞，忘掉是一般人能做的唯一的事，但是我决定，不忘了她！”

同一部话剧，不同的人演来总是不同的味道。舞台的侧廊，明黄光线从厚重帷幕间渗出。你坐在台阶上，翻看着手里的剧本，兀然回想起过去，回忆往复交织间你觉得自己像是打了惨烈胜仗的古代将军，披甲扬鞭意气风发，一无所有。

很多年以前，正式比赛的那天一切顺利。没有突发情况，没有过于紧张而发挥失常……顺利到有些不真实。帷幕落下，他站在后台笑得眉目舒展，肆无忌惮，如同横亘生死的古老神祇。

你觉得这个笑容一点儿也不帅气，但还是记住了它，并莫名其妙地一遍遍回想它。然后，它就在这样的反复回想中日益模糊，面目全非地被你留在心里。很多东西都是如此，平淡无奇却被记住，天长日久地记住，然后就带有很多难以言说的象征意味。

日后你回忆起它，总觉得那是个温暖的终结。

[不]

探照灯骤然明亮，警报声大作，散漫地走上台来的警察拿枪对准马路，说：“不许动，马上释放人质举手投降，你已被包围”。所有人冲进犀牛馆呆望着一切，灯光让他们额角的汗水闪烁不已。

落幕时一切不过如此。

马路为爱情谋杀了唯一的朋友，爱情潮袭而来我们无动于衷。落幕时一切不过如此。

杜拉斯曾说:“爱之于我，不是肌肤相亲，不是一蔬一饭，它是一种不死的欲望，是疲惫生活中的英雄梦想。”很久以前，你把这句话用第二人称向他传播，那是你对他的本性下的断言，也是你所有无端的揣度与猜测。而现在你意识到，其实被它形容的人应该是你自己。

他就在十四个小时的车程之外，这点儿距离在整个浩大的世界其实并不值得一提。但是并没有必要去探望，去自寻烦恼，这些年来，你的生活一切安好，没有任何不明智的选择，没有偏执与不合逻辑，没有选择也没有新的开始。你于是开始相信潘的断言，所有亲密的感情都如同真理，只能在特定的范围内发挥作用挥斥方遒，一旦多迈出一步，哪怕是朝同一方向迈出一步，也会脱胎换骨变为谬误。

话剧节之后，不知为什么，你下意识地与他保持距离。一晃又是几个月，高三的生活滚滚而来把一切踏平。

你吃完饭后总会立即回到教室，只是不知道为什么，那天他竟然也回得那么早。那天下午，他坐到你旁边的空座上，说:“那个……你非要知道我暗恋的人是谁对吧?”

你笑了笑，是真心觉得这话儿没头没脑得可笑，问了句:“什么?”

他抬起眼睛的时候，你突然意识到你们此刻无比接近。这样的距离是陌生的，让他的面孔也变得陌生起来，窗口钻进来的微风卷着白色光线，模糊了那些表情。

他没有笑，只是一动不动地望过来。你熟悉这双眼睛，在此刻之前，你曾无数次肆无忌惮地回视过他……在这刻之前。

你把目光移开，突然想起之前听说的歪理邪说，爱上一个人就会不敢直视他的眼睛。

“你最近感觉不大对。”他短促地微笑了一下。

你继续微笑，然后开始抱怨铺天盖地的作业。

曾经也是这样，教室里只有你们两个人。你们试探着，交换着，根本不知道对错。好像你们一直被关在这样的处境中，空旷中的亲密，不知对错。

那天晚上，你回想他说的第一句话，懊悔到无以复加，你清楚这个答案对你的意义，却不知道自己当时为什么会来不及反应，然后下意识回避。

之后一切如常。被填补进生活的都是些小事儿，你试图记住它们，却终是无暇。你把写完的习题册放到左边，又抽取新一本，余光偶尔扫过他的侧脸，足矣。

即使已经忘记了太多，你总该还记得，这场人生戏剧的结局：从始至终，你们只是最好的朋友……或许没有“最好”，只是“朋友”。

考完高考最后一门，从考场出来，有送考的老师冲你们大喊：“毕业了，你们可以谈恋爱了！”周围人哄笑，你莫名心虚，四处张望却找不到他。你不知道他听没听到这句话。你想把这句话对他复述，一闪而过的念头。

第二天，同学们聚在一起吃散伙饭，然后去KTV狂欢。你给旁人点上各式歌曲，装作漫不经心地、时不时地扫他几眼。你看见他坐在一堆男生中间，摆弄了几分钟手机，然后出去，拎了几瓶酒回来。你看见大家哗啦一下子围上他，说着跃跃欲试或打趣的话，把酒洒得到处都是，你推我搡地笑闹。你看见他低下头，愣愣地不知道在想什么。别人当他醉了，也不再管他。你看见他其实一口酒也没喝。走的时候，你看见他飞快地瞥了你一眼，犹豫着挥挥手，然后转过身去，与其他人道别，离开。

你至今不知道那个被他暗恋的人是谁。你讨厌自作多情，却不由自主地铭记这些微小细节。你想要祈祷，却不知道该为何事盼望。你记得你当时想要喊住他，最终却什么也没说。

［凋］

若干年后，你在浏览网页时蓦然看到，梅艳芳也对张国荣开过如出一辙的玩笑，“如果我四十岁还没嫁人，我们就结婚吧”。这和你的那句话，竟如此相似。或许在很久之前你就曾看过这句话，把它放进潜意识里，那天电光石火不知怎么就回忆了出来。或许友谊到深处，总会产生这样的念头，身边的人足以相伴终生，熟稔，谅解，信任。梅艳芳与张国荣，他们都没有等到彼此，或许根本就没有等过彼此。然而你确信，你一直在等待，等待某个不可能出现的契机。

若干年后，你只在群发祝福短信时才会选中他的名字。平日里终究是不再熟悉，又不能反复用过去的回忆作为话题。不，你什么都不愿提起。听说他最近开始了第三段恋情，那是他的生活。你的生活也还在继续，自习室里坐在身边的那个人终于小心翼翼地询问，以后是否能一直帮你带早餐。

若干年后，你在深夜信手翻书，看到这样一句话，女人的爱情是以友谊结束的，男人的爱情是以友谊开始的。你愣住，觉得这句话未免有些太过绝对。然后缓慢地，那些有关他的记忆如潮入侵。你曾对自己说，友情比爱情更为长寿，可以受益终生。然而你没有料到，有时候隔绝了爱情，连友情也会逐渐枯萎。简直就像报应。

[零]

灯暗得太急，仍留着荧荧的轮廓在黑暗里，兀自长在顶板上像是远隔万里的星辰。

整齐一致的低声惊呼后，嘈杂隐约响起来，你起身时听见志愿者四处奔走维护秩序的声音。似乎是电路出了问题，就在这场表演的最后关头。

你急匆匆地向后台赶去，仔细分辨着那些压低声音的交谈。

黑暗中突然回荡起歌声，演出忽视掉一切客观阻碍继续进行。众人合唱结束曲《玻璃女人》，没有伴奏的声音越来越响，竟有了几分激昂。

“你是不同的、惟一的、柔软的、干净的、天空一样的。”

“你是我温暖的手套，冰冷的啤酒，带着阳光味道的衬衫，日复一日的梦想。”

你踩在木质的楼梯上，发现这些恰如其分的黑暗自有它降临的道理。有时候，需要蒙蔽自己的部分感官才能换得另一些非同寻常的敏锐。掌声传来的瞬间，你竟看见了那日倾盆而至的暴雨，暴雨中有两个人合打了一把大伞，小心翼翼地在积水间行走，把整个夏天都丢在身后。灰色雨水模糊了一切，潮湿发苦无可躲避。酷暑的热气都被冷却，冷却在那场急骤的盛宴。

此时此刻，你早已知道被自己等待的是一种怎样的感情。然而尘埃覆盖了那些等待。

地久天长毕竟太长，你终究对怠倦投降，落荒而逃。

“你是纯洁的，天真的，玻璃一样的，
你是纯洁的，天真的，什么也污染不了，
你是纯洁的，天真的，什么也改变不了，
阳光穿过你，却改变了自己的方向……”

记忆中的水汽就这样兀然出现在你脑海里，然后电闪雷鸣地重新远去。

你把脸埋入掌心，许久，还是没有流泪。

它陨落如星辰

[1]

把女生宿舍的夜谈记录下来，每天多读几遍，你将上知天文中晓人事下通地理，不怕重口味，能品小清新。熄灯十分钟后，等舍管敲过第一遍门，海聊正式开始。

三年的时光，你们把什么话题都聊了个遍，从星座、血型、手相的准确性到婚姻观、择偶观的时代变迁，从明星八卦到同学糗闻，从诗词歌赋到人生哲学，从房价调控到出国留学。你们想说的话太多太多，只有非常少的几次会把关注力分给学校里的男生。

实际上，在整个高三，有关他们的夜谈也只进行过一次而已。那是在开学后不久发生的，已“有家眷”的舍长用花痴专属的语气宣布，隔壁五班的某男生超越了变得越来越猥琐的体育部长，升级为级部最帅。毫无悬念地，宿舍里有一半儿人表示请舍长恪守妇道不要花心，另一半儿人表示舍长的审美真的坏掉了。

你站在第二队营里，毫不留情地吐槽着那人的身高容貌，宣称他高是高，但完全就是《查理的巧克力工厂》里那个被拉长的人，长手长脚长脖子长脸，一看就是马脸星移民。

舍长奋起反抗，坚称那人独领风骚。你的同桌兼舍友说明明他们班的某某就很可爱比他好一千倍嘛。然后你一时头脑发热，响亮地哼了声对她们的品味表示不屑，说和他们班的沈楠一比，五班所有的男生都是芙蓉花下的狗尾巴草。

不——

你想把说出来的话咽回去。已经太晚了，覆水难收。你倒是自认光明磊落，可再磊落的人也会害怕这群能把机器猫说成钢铁侠的八卦女。

在一片故作恍然大悟实则不怀好意的“哦”声中，你恨恨地闭上眼睛在那晚的剩余时间里坚持沉默，忍受着她们的调侃。

其实在说出来之前，你已经关注沈楠将近一年了。

微博上那群好友偶尔转过几张剧照，里面是个外貌独特的黑发男子，你扫过几眼便记住，觉得莫名眼熟。后来零星知道那是BBC迷你剧，本尼迪克特扮演的夏洛克·福尔摩斯。你在高一结束的暑假开始追剧，在开学后发现那个和自己在校园里有过几面之缘的沈楠。

顶着一头乌黑的自来卷，略高的颧骨，苍白到令人发指的皮肤。

你没有特意去打探去关注他是谁又在哪个班，只是每次遇见时都会多看几眼，暗自觉得他的容貌简直有种非人的魅力……一个中国人，怎么会长出那么股外国气质，未解之谜。

这是暴风雨来临的前兆，一场漫长拖沓的酝酿。

只是多看几眼而已。这么长时间了，你连他的名字都是在三个礼拜前才得知。那天在走廊遇见后，你给了走在旁边的同桌一手肘，尽量不动声色地问：“那谁啊？知道不？”

同桌老老实实地顺着你指的方向看去，说：“那不就是沈楠嘛，一起在外面上过辅导班的……哦，对了，那学期你没报名，你问他干嘛？”当时你摇摇头敷衍过去，只是隐约有点遗憾自己没那么爱利用周末学习。

[2]

有种东西叫做现世报。当年你嘲笑过A的发型，嘲笑过舍长的眼光，幸灾乐祸、畅快淋漓地嘲笑，而现在大家只会用同情的眼神看着你。

周一的时候，同桌叹了口气，拍了拍你的肩膀，说你没看到沈楠的新发型吧，你见到就该哭了，他剃了个少年犯的发型，就是把理发器设定成零点八毫米然后直接推的那种。

旁边舍长手起刀落地补充着废话：“其实成年犯也是这种发型。”

你“哦”了一声给自己做足了心理准备，参加升旗仪式从教室往外走时，正巧看到他从隔壁班出来，千言万语也无法描述那第一眼的震撼：他这是准备去少林了，还是刚从少林回来？

你深呼吸然后退回班里，跑到同桌面前以手捧心，做出悲痛欲绝的表情，大声哀号着一颗国际巨星就这样陨落了，国际巨星啊。舍长和同桌不以为然地安慰你，明显对你内心的纠结没啥深入了解。

那几天一想到他你就忍不住咬牙切齿心头滴血。觉得沈楠的想法真是常人无法理解。觉得从此再无心事一身轻，这场愚蠢的关注终于要被一个愚蠢的发型终结。

后来的事实证明你才是很傻很天真那个，总把一切思维情感想象得太过清晰太过简单。

后来他的卷发终于逐渐长回。

你没观察到这个逐渐的过程。因为在这三个月的生长周期里，你完全丧失了一眼就把他从人群中分辨出来的超能力，那发型实在难看到每次遇见他目光都能够打个弯绕过去。

可是三个月后他重新变成了原来的他，而你无意间发现，自己的超能力反弹得变本加厉，仅用余光就能把他与众人分离。

大家都在食堂窗口前排队，你百无聊赖地摆弄手机，抬头随意一瞥就扫到了相隔三条队伍的他。他没和周围人聊天，没捧着小开本《高考必备知识点》复习，也没玩手机，只是无所事事地站在那里，那股子气质，像是随时摆好了平面模特的表情和姿势。

你遥遥地盯了他一会儿，才推了同桌一肘子说："看看吧，怎么样，三个月后还是一美男。"同桌推推眼镜说："哦，我觉得你的真爱不是他，而是一个黑色卷曲的假发。"

大概你对他的关注确实和他头发的长度很有关系，不过如此而已，谈不上什么在意。

不过你也曾尝试去打探点儿关于他的消息。

举措之一是拉住在路上偶遇的隔壁班初中校友，扯了几句后直奔主题地表达自己对沈楠纯审美层面的爱慕之心。

隔壁班姑娘当时正在喝水，听了你的话直接把水咽到了气管里，顿时咳得死去活来。等终于平静下来，她抚着心口，表情深受惊吓而痛心疾首。她说姐你不是腐了一年两年了，怎么没看出来他的本质就是一小受。你冷笑了声，拍桌子告诉她，小受就小受，反正据说姐的气场越来越攻了，攻德无量对万受无疆，刚刚好。

话是这样说。

聊完天回班的时候，你看见他手里拿着只水瓶，被一个同样拎着水瓶的男生搂着往水房走。

你盯着他肩头的那只手恨不得上去咬一口，喉咙阵阵发腥，含着一口凌霄血不知该往哪里吐，只能默默咽下，然后赶紧跑回教室向众友人诉苦：你说我看上个汉子，汉子质量太好竞争压力大点儿也就罢了，情敌范围里居然还会出现男人，游戏的难度挺大、通关的希望渺茫。

在众人的安慰下，你忧心忡忡地思考着人生：以后如果真找了他这种类型的男友，恐怕你需要天天去健身房，上下班都要担任护草使者保驾护航，到头来他阴柔你阳刚也是天生一对儿地造一双。

你考虑了大概五分钟，然后低头看了看桌子上的历史卷子，惊觉自己有点想太多了。这些真真假假的玩笑此时此刻哪里值得你陷进去。

高考的倒计时牌就悬挂在门口，明晃晃地提醒着你要学习。

学习！学习！学习！

[3]

明明是个纯血精英，你们学校却屌丝兮兮地一天到晚推出各种奇葩政策。你们这届是第二批小白鼠，高中三年不分科，实行“走班”制度，语文英语和原来的行政班同学一起上，史地政和物化生再分别去文理班教室。

你被分在沈楠他们班上文科，天时地利人和。

即便如此——音容笑貌，将近半年了，你还从来没听到过他的声音，怎么可能甘心？舍长总是用这件事嘲笑你、折磨你，百试不爽。你忍不住宣称，这事情不是很简单吗，直接过去踩他一脚，想听他叫多久就能听多久，音高音长还可通过用力大小即时调节。

“话是这样说，”舍长笑着，故意拉长了腔调，“话是这样说，可你绝对不敢。”

你咬牙跺脚思前想后……发现还真不敢。

可这难不倒你。

你用两袋泡椒凤爪和两罐咖啡贿赂了同桌，和她策划好，下次见到他的时候一定故意上前踩上几脚来欣赏一下他的高水平号叫。

这导致接下来几次遇见他时，你都念念有词地提醒同桌“快，勇敢点儿，快去踩他”，而同桌羞涩微笑抵死不从。她也和你一样是个嘴上大大咧咧实际面薄如纸的死要面子妞，才不管拿人手软吃人嘴短这一套，完全无可救药死猪不怕开水烫。

方案一完全破产。

一计不成，一计又生。你还没下课就开始收拾东西，打铃后第一个冲了出去，站在他们班门口竖起耳朵听。全是嘈杂的吵闹声！根本就毛用没有。挫败感将你掩埋。

不过没关系。他们班同学素以淡定闻名，预备铃打响后门外等着上课的同学彻底丧失了耐心，跟在任课老师身后鱼贯而入，你也在其中。

你向里走，他抱着厚厚的几本习题从你旁边向门外走去。旁边有人问了句关于作业的事情，然后他回了一句“对”。

短短的一个音节，你还没反应过来就结束了，根本什么都听不出来。

正常人说“嗯”的时候他说的是“对”。也算挺独特。后来你把这件事装进心里那个名为“沈楠”的文件夹里，奢望能从那些零碎的信息中演算出他的整个人格。

“音”这条算勉强通过了，你也见过他笑时的样子。最关键的，他的容貌也被你定格在了青春里。

离高考还有一个月的时候，学校组织拍毕业照，同学间也掀起了求合影风潮，多少人都捧着卡片机或单反游荡在各种稀奇古怪的角落拗出各种稀奇古怪的造型。

同桌也带来了台相机，她信誓旦旦地说一定会帮你照张他的相片，却在那个下午惊魂不定地冲进教室，说刚才她在走廊看到了沈楠，正准备捕捉背影的时候，他却回头了。走廊上只有他们俩人，他无疑把她举相机的姿势看了个正着。

然后他一脸波澜不兴，非常淡定地转身回了教室，什么也没说。

然后同桌自己倒吓得不轻就这样灰溜溜地回来了，一脸哀怨地望着你，说：“你给我做主吧，现在人家怎么办呀？被发现了被发现了……嘤嘤……都怪你，如果他以为是我在暗恋他，反过来也对我产生好感了怎么办！”

你非常淡定地把她的手从你衣服上扯开，慢条斯理地说：“那太好了，请一定要在一起，有机会帮我照几张他的裸照，哦，我可以付辛苦费，一毛五三张，加油吧，你还是有希望发家致富的。”

同桌幽幽地叹了口气决定不和你继续贫下去，摆出一张正经脸，说：“我把这些照片都复制到咱班电脑上了哦，你别忘自己去拷下来。”

被她照下的是张侧面照片。在空旷的走廊上，光线有些昏暗，他站在班门口，就那样有些突兀地侧过身来。五官的曲线鲜明到不可思议，眉毛鼻子嘴唇下巴，完全是你记忆中的样子。

值得长久珍藏。

[4]

他不算高。而且你不知道他学习怎么样。你对他远远谈不上了解。

初中的时候，每次过年回家时那群二十几岁的哥哥姐姐都喜欢逗你，问你有没有喜欢的小男生。而你的答案永远没有改变：我只有两个要求，身高比我高，成绩比我好……而我们学校符合标准的还真一个都没有。

学校不让公布排名，你们班几个理科生私下去找老师问成绩，趁老师不注意偷偷把全部的分数都拷了回来，放到自己班电脑上。你听说这件事后兴致勃勃地想要查查他的名次，却怎么也找不到那个文件，后来得知班主任早已责令学习委员将其删除。

你怅然若失地回到座位上，安慰自己说这样保持住神秘感也挺好。何况你不需要去了解他，一点儿都不需要。

你没把他当作阳光氧气当作生活必需品，你只把他当作挑灯夜战时窗外划过的一颗流星，看到了挺美就随随便便许个愿，看不到也照样过日子刷卷子攒人品而已。

很多事情都是这样，遇到了就遇到了，百年一遇的日环食千年一遇的流星雨，好奇满满地组团围观。遇不到着急也没有用，你微薄的力量怎能去将宇宙的规则撼动。

在这漫长的高三生活中，只有一次你真的怀疑自己的情绪开始不受控制。

那次你吃完午饭，一边和同桌大声抱怨着政治老师的复习计划是多么无情无义不切实际，一边沿着楼梯向班里走去。你站在三楼与四楼中间的那个拐角，自然而然地向楼上看去，看见他站在楼梯口。

他背着书包像是准备回宿舍继续复习。这么晚了你不知道他吃饭了没有、是不是打算就不吃了、是不是要回去用泡面对付、是不是要回去洗头、是不是昨天熬夜了今天中午想补个午觉……

你有一瞬间变成了结巴。他毫无察觉地从你身边走过，这楼梯宽度仅容俩人勉强通行，他漫不经心地从你身边走过。那么近。你微微侧过身，装作是在继续刚才的抱怨，用余光追随着他，其实自己都不知道自己在说什么，语无伦次。倒还算口齿清晰。等他走过去，你又肆无忌惮地跟着转身凝视着他的背影。

等他消失在楼梯那端你才如梦初醒，一把抓住旁边的人问我刚才是不是口吃了，是不是有点太明显了。同桌的眼神在说你确实没救了。

当然太明显了。

但是你控制不住，你控制不住在擦身而过的那刻血液澎湃、心如擂鼓。

继续往班里走去的时候你咬紧了后槽牙，告诫自己以后千万不要犯这种白痴错误。在近距离时控制不了，那就记得时刻警惕保持远观的距离。你总有办法的，你甘愿陷入泥潭是因为相信自己能从任何困境中走出来。

[5]

毕业晚会的那天，学校组织了规模庞大的庆典，邀请每位学生和家长穿着晚礼服前来参加，这里有红地毯，有冷餐会，还有缤纷的焰火。

每班要推选一位优秀毕业生。你特长突出，但学习算不上拔尖，一次奖学金都没得过，不具备参选资格。但他是。他的成绩竟然优秀若此。

他穿着黑色西服，捧着鲜花站在舞台旁等待上场，就像是每一个满怀期待、意气风发的年轻人。还是和平时一样面无表情，动作拘束，但他的眼里含着光芒。这不是说他眼里闪烁着泪水。这只是……你不知道。大概是他在眼睛里藏了一个非常美的未来。

当然这更像是幻觉罢了。后来回想起这一天，你分明记得自己坐的位置离看台挺远，根本就不会看清他的眼睛。

而当时你只是非常得意，觉得自己的眼光果然不错，品位高端，一看就看上了优质男。

舍长和同桌亢奋得有些异常，互相打着气，打算分别去拉某某和某某合影。

“你也去找你的陨石合个影呗，都要毕业了，最后一次机会了！”她们这样催促着你，毫不顾忌。敢情需要考虑被拒绝风险丢面子因素的不是她们自己：五班某男一直就是和舍长家那位一起打篮球的好友，被嫂子叫去合个影也挺正常；同桌的那个某某一副正太相天生的好脾气，怎也比不上沈楠这么冷峻强大的气场。

你试图估算出自己在全校的知名度，猜测他有没有可能听说过你，有没有可能因为“名人效应”而让你得逞。

最终你还是去了，从他背后慢慢接近，站在侧后方戳了戳他的肩膀。

他坐在那里，微微抬起头来，侧过脸看着你，没什么表情，连丝毫的惊讶都没有。

你费力地挤出最讨好的笑容：“同学，能不能和你合张影？”他还是那么面无表情地看着你，你却能从这面无表情中分辨出困惑与尴尬……毕竟曾关注过他那么久。

你以为他准备拒绝，有些着急了，说：“就照张相呗”……又不是上刀山下火海，只是张相而已。

当然，后半句你没有说出口，他就已经很顺从地起身，示意你把他引到照相机前。

帮你们照相的父亲没表现出什么惊讶，非常镇定地按了几下快门。

你早就告诉过父母这件事儿了：我们隔壁班有个男生，我喜欢他的外表，你们先看看，有个心理准备，我以后男朋友基本会是这一型，而如果你们想掺和一脚帮我联络相亲，也请以此为标准来确定人选。

回家后父亲把母亲叫过去，两个人头碰头地凑在相机前看了好半天，一致认为你的审美令人惶恐。母亲忧心忡忡地告诫你，千万千万别把这种类型领回家中。

你点点头，然后趁他们不注意偷偷地笑了。这笑容像是直接来自脊髓神经的条件反射，完全不受大脑控制：你试过了，真的压制不住。

你觉得这一切好笑到不行了。原来你那么崇拜那么心驰神往的他，在其他人眼里竟如此悲剧。这样也挺好，这样的话，那千千万万个和他相同类型的男子，就不会有人来和你争抢了。

[6]

你喜欢过非常多的异性，他们也喜欢你。你们动不动就一起出去打台球，出去K歌，出去吃饭。你们以兄弟相称，需要帮忙的时候从来不说客套的废话。你们把性别扔到一边，自由自在地相处。

他不一样。

在很多种情况下你可以说自己喜欢一个人。你可以喜欢他说话的方式，他的身高，他给你讲的笑话，他的嗓音，或者他的长相。你光明正大地花痴，对所有人宣称你就是看好他这副皮囊。喜欢上的人可以很多很多，喜欢是一件很随意的事情，在你看来压根就不需要矜持隐瞒躲藏。

爱情不一样。

你觉得你在高中阶段最大的遗憾是没有谈过一场恋爱，没有感受过那种微妙而深刻的悸动。而不管怎么说，他都是你在高中拥有过的最接近于暗恋对象的存在了。你一边肆无忌惮心安理得表现夸张地欣赏着他，一边小心翼翼地不留任何把柄。直到最后，他也不知道你曾关注了他那么久，这“暗恋”是“暗”得有多么成功。

高考后，毕业纪念册发下来了。厚厚的一本，每班的集体合影、同学们的单人照、组合照以及所有人的联系方式都包含在里面。

毕业晚会后的那天，你找到他手机号，认认真真发过去一条信息，道了个歉说希望刚才求合影的时候没有把他吓到。你没怎么多做解释，只是说一直觉得他挺有气质。

短信末尾你用上那种用来结束谈话的句子“那以后再联系吧”，来暗示不需要回复了。你对自己很满意，觉得这件事情终结得非常圆满。独自一人地开始，也要独自一人地结束。

早上发的短信，收到回复已经是中午。

你正在理发店里，第一次烫头发。你的许多同学在毕业典礼的前一天都烫了，效果挺不错，你犹豫过后终于做出了抉择，改变形象，改变自我。你戴上眼镜，看着镜子里缠在自己头上的古怪塑料卷，然后低头查看这条短信，有些意料之外，更多理所当然。

他说很抱歉，昨天太累了所以一时没有反应过来，并不是故意失礼。他说自己不太认识外班的人，不过既然认识了就是朋友了，以后可以多多联系。

大家一贯的看法没错，他真的有点娘，写短信的时候句尾居然还带着“呐”“呢”等软软的语气词。不过这又有什么关系。你笑着回复他，说该道歉的分明是你。

毕业旅游的时候你去了黄山，花费了一个半小时才登上光明顶。山顶栏杆上挂着很多同心锁，你把宿舍柜门上的那把锁带了过去，锁到了上面。你把他名字的首字母写在锁身上，用的是马克笔，字迹不太容易被雨水冲掉，但在风吹雨打中也不会撑下许多年。

时至今日，你还是不知道他拥有怎样的嗓音。

你和他的那张合影一点儿也不好。你笑得太过腼腆，而他根本就没有笑。

同桌帮你照的那张侧身相你一直没找到时间去拷。

这种感情潦草，模糊。开始就是为了结束。

它犹如星辰，犹如陨石。在浩瀚宇宙中偏偏是它与地球相撞，留下那么鲜明那么疼的巨坑。它是天外来客，就这样闯入你的生活。它会被时光消磨，会变得不再熠熠生辉，然而拥有它的人总能明白它的价值。

那些璀璨岁月，那些昨日星辰，那些流水青春。

不仅是雪

在波士顿，我遇到此生最大的一场暴雪。

外面阳光很亮，是那种刺眼的亮，白茫茫。路边雪堆得很高，踩进去就过膝。在雪堆得尤其高的地方，如果直直往里走，非要从窄道上挤过去，就有机会感受一下什么叫冰雪没顶——被某场微型雪崩埋住。电影里常能看到这样的场景：主人公在口袋里装入几块儿石头，头也不回地直直朝深水走去。不喜欢这个世界，走到雪里或走到水里，都是一样的。

从三楼往下看，四处都膨胀着，松，软，圆鼓鼓。像一夜之间被人撒上了面粉，一夜之间发酵起来。像现在从窗户跌出去也不会受伤，顶多嘴里啃进几口冷雪，咽下几口冰凉。

我住在阁楼的房间，窗户正对着邻居家房顶，昨天雪化了些，那里就露出黑色瓦片。现在落了雪又被风吹过一阵，就变成半黑半白。雪大风也大，阳光下的风雪都是亮晶晶的。世界单调宁静，总叫人看不够。

就像生活在南极，就像陷入一场长达半年的白昼里。

我和印时陷入这场白昼里。

阁楼的窗户比较小，平时也需开灯。那天灯光闪烁，空调也跟着开开停停，最后全静下来。电断掉了，一并断掉的还有网络，电脑手机撑不住几个小时。印时却并不着急，只是低头看自己的书。所以我也不着急，跑到书房里坐在他身边。他看书的时候我就看他。我们都在学习，我学到的或许还要多一些。

印时并不理我，就像我不存在一样。这已经是莫大的亲近了：

他看书的时候，是不准别人待在身边的。只有我可以出现。也就是说，我不算“别人”。

毕竟我们是打算结婚的。

我们才认识一年。他之前有个女朋友，体检时发现子宫上长了瘤子，怀孕后只能保一个，这就让他很痛苦……我是后来才知道的。和女友分手后他回老家工作，在家人的安排下和我见面。那天他穿着白衬衫。像那些俗套故事里的男主角一样，他穿着白衬衫。像俗套故事里的女主角一样，我喜欢穿白衬衫的男人。

没有电，没有空调，没有网。我穿上厚大衣在房间里走来走去，很快觉得无趣，就跑到外面转了转，发现了一根断电线，上面挂着长长的冰凌，看起来可以用作侦探小说里的凶器，又重又尖，很快又觉得无趣。我只能重新回到家里，坐在书房的落地玻璃前，坐在印时的脚边，盯着外面的雪。坐在印时身边，是永远也不会感到无趣的。

大雪后一切都寂静。

一切恒久不变。气温在零度以下，那些雪无论如何都不会化掉，没被踩过的雪地永远安然无恙。我盯着门口那棵枫树的枝桠，视野里有些部分变得扭曲，像是有什么无形火焰在空中炙烤。原因大概都是一样的，空气不均匀地对流，火上和雪上都是一样的。我把这件事说给印时听，他没有表扬我敏锐的观察力。

“没有这样的道理，”他只是说，“没有这样的事情。”语气非常坚决，没有丝毫回旋的余地。所以我只能让步，只能对他说，或许是因为大雪太白，我又盯了太久，所以眼花了吧。我这样说，但心里并不是这样想。

印时几乎敷衍地附和：“是你眼花了。”

好吧，那么在这场白昼里，我的眼睛最先花掉。就像是一台终将被淘汰的机器，总要有什么最先坏掉，先是这部分，然后是那部分，边坏边修，直到再也无从修起。先是眼睛，然后我的手腕会酸痛，我的牙齿会松动，我的头发会慢慢开始变白。这世界总要把我们淘汰掉的。

我们是什么也不会的人。

我不会做菜，印时也不会。所以下厨房的只能是我，把西兰花、紫甘蓝、胡萝卜放在一起炒一炒，或是煮一煮，加点儿油，加点儿盐，除此之外没有别的了。我只会这些，印时倒也不挑剔。

今天没有电，灶台的电火花就不起作用，打不着火。

中午的时候，我和印时只能出去吃饭。道路两旁全是雪，中间清出来窄窄的一道，勉强够单人通行，我就跟在他后面。在街角等红绿灯的时候，印时勉强压住咳嗽，很突兀地说："多美啊，一切都是白色的，就像是天堂。"

"可是多冷啊。"我的两只脚都踩在雪里，隔着靴子都泛着潮意。"天堂里会这么冷吗？"

"如果真是天堂的话，冷就冷吧。"印时边说话边继续向前走了。我真喜欢他那时候的表情，那是人在自我欺骗时才会有的表情，那是一个不相信天堂的人才会有的表情。

我们去吃了中餐，我的幸运饼干里写着"坚持你的选择"。印时没有拿走他的饼干，我把它偷偷带了回来。回来后他继续看书，他看书的时候我就看他。我们都在学习，我学到的或许还要多一些。

印时来这里读博士，哲学专业。文科博士据说要读七八年，或许他这样聪明的人能快些毕业吧，这样我们就能早点儿回去了，他答应要回去的。学校倒是一流，但没有申请到奖学金，是我让家里出的钱。家里希望我们早点儿回去，而我只希望他学业顺利。

他导师去开学术会议，没有带他，但布置下来无数篇论文要读。所以印时只能没日没夜地读下去，研究我们这个社会的本质，研究人们究竟为什么要像狼与狼一样敌对，像战争一样地生活。我对那一切并不感兴趣。印时要来这里，我就只能跟到这里。

他看书的时候我就看他，他看着一行行英文，我看着我的生活。

他向来怕冷，在空调房里也穿着双很厚的棉拖鞋。现在空调停了就更是耐不住，索性起身在房间里踱步，手里还捧着他的书，走几步看几眼。硬鞋底叩在地板上，咔哒咔哒，就像老式钟表所发出的声音，咔哒咔哒。我的生活。

和他相亲的那天我在过生日，二十五岁生日。父母曾经说如果我到二十五岁还在单身，他们就要帮我介绍男朋友。他们就是这样做的。他们过于了解我，以至于特意挑选了印时。除了他们，谁也想不到我会喜欢印时这样的男人。

窗户外面，有辆抢修车安静地开了过来。不知过了多久，又安静地开走。我起身打开灯，亮了。空调也开始嗡嗡响，暖风蹿向这房子的角角落落。这房子三层，原本可以住十个人，但那对带着小孩的夫妻回国过年了，那些学生又抓利用紧假期去别的地方玩，只剩下我和印时。我们和厨房，客厅，两间浴室，四扇紧锁房门，一间卧室，十六把椅子，三组沙发，二十七盏灯。

我想起了上周接到的电话。朋友在那边急切地说："你还跟他在一起！他妈还和别人炫耀，说你腆着脸去陪读，是去伺候她儿子的！"这些话传得很快，昨天我就接到了母亲的电话。"还有件事我要问问你，”母亲似乎犹疑了一下，“印时真没拿到奖学金？”她托人向他同学打听过，大家都说他拿到了全奖。“我是怕他骗你，怕他对你不好。”

被人们说出的往往不是真相。

那只是他们相信的真实。或者，是他们希望你相信的真相。

印时总归会好面子。没拿到奖学金或许很没面子。用女友的钱来读书或许很没面子。说自己拿到钱了就会好一些。说自己女友全心全意在服侍自己，就会好一些。

我不许他们直接去问印时。他们问不出的，问不好的。他们不了解印时，只知道他是个性格温吞的哲学博士生，做事谨慎，彬彬有礼。懦弱、疲惫、虚伪。他们不知道我喜欢这些懦弱、疲惫、虚伪。

“印时，”我说，“我们要赶紧回去结婚了。”

印时不说话，不理我。这让我觉得自己是个哑巴，只会在心里自言自语而什么都说不出来。我跑到楼下的餐厅里，拿着手机录音，又说了一遍：“我们要赶紧结婚了。”这次确凿无疑，我真的把话说出来了。手机里的声音听起来很陌生，但毕竟说出来了。我该拿它去放给印时听吗？我握着手机站在餐厅里，柜子里摆着空荡荡的盘子和碗，还有洗干净的刀。

这盘子，这碗，这刀，都让人难过。我把手机放到桌上，在椅子上坐下，准备放心地哭一会儿……没想到印时会到楼下来。

“你哭什么？”

他站在餐厅门口。没穿鞋，隔着薄薄一层袜子踩在厨房的瓷砖上。这是很冷的。我边哭边抬头看了一眼，偏偏注意到这个细节。

印时已经走过来了，一只手搭在我的肩膀上。他还帮我把头发理了理，把那些湿漉漉的发丝从我脸上拨开……“你哭什么。”这次不是问句，像是他已经知道答案了。像是他不想知道答案了。像叹息。

他心不在焉，即便是在安慰我，他依旧心不在焉。我能感觉到他手指的温度。手指蜷曲在我的发丝间，耐心地，轻轻把那些弯曲的发梢捋直……似乎对我的头发比对我更感兴趣。

我擦干净眼泪，不想让自己显得太过怪异。我必须要给出他一个理由，一个能解释所有事情的理由，一个充分的、足够有冲击力的理由。

“我怀孕了。”我说。

“我知道。”他回答。

这是意料之中的事情，我们计划很久了。为了让孩子拿到美国国籍，也为了让单调乏味空虚无聊的生活得到一点儿慰藉。

他看起来又忧虑又开心，突然就让我想起了对面那幢楼的房顶，它现在是黑是白呢？

管它是黑是白呢。总猜不透，总想不到。世间的变幻太多了，本就没有什么规律可言。世上的风朝印时刮着，他的心就像那房顶一样没人猜得到了。

摆在书柜上的两支验孕棒。一阵大风。

他的导师拉来了几笔科研资金。又一阵大风。

“你的产前忧郁症来得也太早了。”这句话不好笑。

他擦干净我的眼泪，陪我闲聊了一会儿，仔细叮嘱说以后不许熬夜。随后又把自己关在书房里，这次连我也不能进了。或许因为我已经变成了别人，或许因为我体内有了个“别人”。日子还是要照样过的，我准备开始做晚饭，这次想把速食意大利面煮得软一些再吃，却让它们糊在了锅底，只能倒掉。只能重新煮。已经很晚了，我并不在意饿到自己，甚至也不再在意饿到印时……但我不能饿到“别人”。无论如何，纵使谁都恨我，我也不能对这个“别人”不好，让他怨恨我。

我决定出去买饭。我决定不去打扰他。卖速食餐的超市离这里并不远，所以我没带手机，看起来或许像是忘记带了，但我知道自己是故意没有带上它。这样一来就显得不像是去买饭，而像是离家出走。

可印时不会发现这场“离家出走”。他把自己关在书房里读书，对千百年来那些哲人的思想如痴如醉，对这世界上正发生的事情一无所知。这一切全无意义。我没法解释，可我就是想这样做。

我回家的时候印时坐在地上哭。我的鞋还没脱，身上还有融化的雪水，湿漉漉的。我去浴室拿了毛巾，塞进他手里，“你是饿哭的吗？”这句话也不好笑。但我终究要说点儿什么，必须要说点儿什么。他皱着眉看我，眼睛里泛着红色，然后低头去看那毛巾，就像他从来没见过毛巾，也不知道该怎么用。刚才外面没在下雪，也不知道他怎么就把自己搞得狼狈不堪。我索性也坐在地板上，坐到他旁边。

“前几天我听别人说……你其实有全额奖学金？”

好像有什么东西突然松懈下来，印时的表情变化了，眉眼柔和到模糊。他抿住嘴唇，像是在思索着要给我一个怎样的答案（借口）。他说：“她很可怜。”

我宁愿听一万句“我在利用你”，也不愿意听到这一句“她很可怜”。

在这句话之后，印时向我坦白了所有事情。那些他以为我知道了、其实我并不知道的事情。他确实拿到了全额奖学金……他把所有奖学金都寄给了前女友。她孤零零地回到了老家，在父母的逼迫下和高中同学结了婚，在老公的打骂和婆婆的逼迫下怀了孩子。她迟早要死的，不是为他的孩子而死，也会为其他人的孩子而死。

人们究竟为什么要像狼与狼一样敌对，像战争一样地生活。

印时红着眼睛，把身子蜷缩起来，像是个犯了错的孩子。他知道我会心软的，他知道我最终会原谅他。在我的口袋里有张小纸条，在去买饭的路上我把他的那袋幸运饼干吃掉了，里面写着“你将过完长寿而幸福的一生”。这算是谁的幸运呢，他的？还是我的？

后来我才知道那天晚上的事情。

印时摸着黑去找我，在夜里摔了一跤，整个人扑到雪里。证据是那件大衣，就挂在客厅，领口和下摆都沾了蓝色的融雪剂，应该是不能穿了。除非有着耐心、技术，以及运气，才有可能把那些痕迹处理干净。我没有，我和印时都没有：我们都是什么也不会的人。

年复一年。

过年的那天，我们两个决定给自己放假。印时不再看论文，我们起得很早，交换了新年礼物，然后一起做早餐。印时把我从餐厅里赶出来，说要展示展示他的厨艺。他居然也有厨艺。

我在二楼的客厅里等待着，站在窗边，发现雪又起了。大朵大朵，有几个瞬间似乎全都停住不往下落，就像时间静止一样。随后奇迹般的，雪片全都升起来，从地面向天上飞去。就像时光倒流，就像犯过的错误可以抹掉，说过的话可以收回，所有喜悦悲伤都可以失效。就好像我还能重新回到自己二十五岁生日那天，可以重新选择，可以不参加那次相亲，可以不认识印时，可以安安心心、孤孤零零地待在父母身边。

只是片刻的错觉罢了，雪终将落下，过去的一年也终究是过去了。

年复一年。我们将回家去，尽快举行婚礼。而我的孩子，他将出生在美国，在一个安静的家庭里长大。

“晚上我们吃速食饺子？”印时在楼下问。他的声音模模糊糊地传来，“好吗？还是去唐人街吃火锅？”

“不是去唐人街吃火锅吗？”我冲楼下喊，不想让自己的声音也变得模糊。

“可是要下雪了。”

“我知道，一直在下雪。”

印时的声音越来越清楚，咔哒，咔哒的脚步声。他出现在客厅门口，手里端着一个很大的瓷盘，装着几片形状不一的褐色饼干，大概是刚刚烤出来的。

“不仅是雪，这次可是暴风雪。”印时这样强调，“早上先通通风吧，空气不新鲜。”他把盘子放在桌上，小心翼翼地把窗户打开一个缝隙，把外面那个寒冷的世界展示给我看。

风呼啦啦在窗口来回地刮，但就是进不来，就是吹不到我们身上。外面的世界茫然一片，窗台上都是雪，我走过去捏起一小块儿，等待它在手里化掉。

不仅是雪，有太多东西在我们手里化掉。

刀立地成

上次争吵在两年前，我记得，汗渍。白衬衫上满是半透明的汗渍，还有诅咒一般萦绕的酒气。仰之，你蹒跚着撞进门来，怀里抱了座根雕，价值我们半年收入。你用手指紧紧扣住它，你的指尖微微发白，你的肩膀吃力地耸起，你的胳膊撞到门框，而它毫发无伤。

“眼睛。”你像孩子那样坐到地板上，坐到这块木头旁边，用目光贪婪地舔它。“眼睛像活的一样……”看到我的表情后，又喃喃补充，“家里一直缺点儿装饰品。”你的眼睛很红，犹如哭过很久，犹如瞪过很久。

我看了一会儿，才明白你是在说这座根雕，根雕上乌黑坚硬的木头眼睛。

你说这块木头属于我们了，虽然我们都知道它只属于你。一棵活了几个世纪的紫檀，死于干旱或砍伐，被人从泥土中挖掘出来，被带到某位艺术家的工作室，被雕成蜷卧在灌木丛中的金钱豹，保留着所有的肌理和绺花，被雕刻成它所不能理解的样子，被安置在市场上，被人用金钱换走，被人搬回家中。

这是棵想要得到水源的树，这是棵让自己变成艺术品的树。

我记得汗渍，争吵，红色的眼睛，记得眼泪。那些天我们的生活落满灰烬，一万次道歉之后，你重新回到卧室，收拾起沙发上的被褥，倒掉烟灰缸里的烟蒂，清理干净地板上的玻璃杯碎碴，把那块木头孤零零地安置在玄关。

那些你外出应酬的夜晚，我总会打量它，边擦头发边打量它粗糙的纹路，试图想明白它如此昂贵的缘由。有时候我会故意把手指按在木头上，留下一串湿漉漉的印记，用自己的方式占有它。然后用毛巾把所有水渍都擦干净：你肯定不愿意让它受潮。尽管我总是在想象它受潮之后长满青苔的样子，在夏天，在昆虫、树木、天空与鸟群之间。

我不喜欢它，至少不喜欢你看待它的方式。你说“奇崛”“遒劲”。它们在悬崖缝隙中苦苦挣扎着遭受漫长干旱，痛苦时天长日久，最后坚硬得就像化石。这只豹子的头又小又圆，警觉地昂着；身上是稀疏的黑色斑点。你说“奇崛”“遒劲”。

我查过资料，我知道这东西的本质是一种愈伤组织。记录着树根受到的所有伤害，筛管断裂，局部营养过剩，细胞无序分裂。最终被加工成花瓶、烟斗，或一头豹子。

你明白的，我从来忍受不了那些被雕琢过的东西。我还记得那次去海边度蜜月，阳光，湿漉漉的沙子，还有那串贝壳做成的风铃。我从包里翻找出防晒霜，正试图把那些黏糊糊的白色乳液涂到背部。你本来是去买水的，回来时却拎着一只包装精美的礼品盒。

“你看看。”你在旁边坐下，把那个盒子塞过来。我满手乳液，我看自己的手，又看你。带着轻微的不耐烦，你自己把盒子打开。微笑着，仔细拆掉那些粉色绸带、印花包装纸，把那个形状古怪的风铃取出来。它是用不同贝壳拼成的，被染成薄荷绿和水红色。

“根本想不到，贝壳还能做成这种东西。”你柔软、近乎透明的指尖轻轻拨动那些贝壳，它们相互撞击，发出比陶瓷更闷的声响。它们很久之后才被重新装回盒子里，你用绸带把盒子再次捆绑起来。你带着微弱的兴奋，小心翼翼地捧着它们。

我确实没想到。

幸好那些柔软坚韧的线很容易被剪断，染料和胶水痕迹也可以清洗干净。它们被安置到鱼缸里，纯白有暇，带着浅浅的紫色，有些还带着浅褐斑痕。

即便在水草和鹅卵石之间，即便重新回到水里，即便重新在水里待很多很多年，它们也不会和从前一样了：贝壳边缘有两个难以修补的小洞。这是些死掉的贝类。这是人们每天在做的事情：把生命变成艺术品。

那天你下班后在鱼缸前站了很久，仰之，你一整个晚上都没跟我说话。就好像它们的生命都是为了你的欣赏而存在。当你需要时，它们成了神圣不可侵犯的艺术。即便它们不再是艺术，即便它们被视为毫无价值的垃圾……也只是你的垃圾。

这次的争吵很不一样。这次只有我在反对、哭泣、沉默，单方面的战役。你不在乎任何反对、哭泣、沉默、战役。你耐心、温柔、体贴，愿意等，一次又一次包容。在那些漫无边际的柔软被褥里，我拧动手腕挣脱你的手。

“我会一直陪着你。”你这样说，一次又一次把我紧紧握住。你的四肢像是柔软坚韧的锁链，你就是我的牢笼。

“用眼过度导致视网膜脱落，手术很简单，没几天就能恢复。”

他们这样说。他们这样说谎。

手术后我一直待在床上，不能随便扭头，而是要装作一具尸体。医生说应该趴着睡觉，靠重力帮助眼睛康复，“保持裂孔或脱离区处于最高位”，“以便视网膜神经上皮与色素上皮紧贴复位，防止视网膜再次脱离”。事情解释起来有着太过复杂的原理，而我能做的一切就是把结论记清楚，服从。

然而拆下绷带的时候，我依旧什么都没有看见。早就应该明白的，对吧。他们总是会把病情描述得简单一些，好让病人得到点儿慰藉。可能不是视网膜脱落，可能是脑部肿瘤压迫了视神经……

或许要学习盲文，或许不用，可以使用有声书。或许会康复，或许不会，或许会。

仰之，我并不相信你的话，并不完全相信。

房间被你改变了，它又空荡又拥挤，充满了警惕，充满了小心翼翼。你偷走了我最喜欢的水杯、剪刀、指甲刀，乃至于没有笔盖的中性笔。所有尖锐或易碎的东西。

手指代替眼睛来熟悉一切。电视：扁状的塑料板，前面光滑坚硬，后面更粗糙。沙发：微凉的皮质，有着隐约纹路。玻璃杯：比瓷碗更光滑。光滑或粗糙，冰冷或温暖，坚硬或柔软……这就是事物存在的全部方式。

这是陌生而迥异的世界。这是芭比娃娃在玩具箱里的世界。

蝉鸣恒久不息。

黑暗中，这是过于漫长的夏季。你允许朋友们来看我，他们就三三两两地来。第一个来的是我那位大学室友，结婚最早，离婚也最早，并不理解我的任何抱怨。“周仰之对你真好，这才是患难见真情。”说话时有窸窸窣窣的声音，听上去她正在抚摸桌角，那里被仔细地包上了海绵，以防我起身时被撞到。她一次又一次地抚摸桌角。“但你没必要跟我炫耀。”

她相信我在炫耀，而其他人都认为我过于焦虑……不是每个人都失明过，也不是每个人都会有一个如此体贴的丈夫。

他们说不出什么安慰的话，就想要离开了，只是并不好意思说出口，只能继续谈论一些陈年旧事消磨时间，然而很快就什么都讲不出来，只能沉默着，夏天的蝉却发疯似的叫。

好像他们事先约好来这里听蝉鸣一样。于是我说我累了，于是他们落荒而逃。

于是房间重新空荡。

我要自己吃东西，这并不困难。人们能在闭眼后用手摸到自己的鼻子，也能在失明的时候用勺子把食物填到嘴里。

不被看见的是否就不算存在？用不存在的筷子往嘴里填着不存在的食物。这就是一切。

用手在桌面上摸索出一片平坦，把碗放下。把易碎的瓷器安然无恙地放在它应该在的地方。这就是一切。

你看着我进食，在有必要的时候轻轻发声来提示我，鼓励我。你甚至允许我自己从卧室走去客厅，我故意走得很快，故意不去考虑所有的阻碍。我最终抵达了沙发。

靠垫被塞到我腰后。浅蓝色靠垫，带着米白流苏。坐在这里能看到沙发对面挂着的装饰画，去云南旅游在蝴蝶泉买的。这种工艺品需要的蝴蝶翅膀不能有任何破损。那些蝴蝶被放进纸质的三角袋里，窒息而亡……上千只蝴蝶贡献出自己的翅膀，拼凑成一种只出现在神话中的鸟类。一幅蝶翅画，一幅凤凰。

蝴蝶们死去了，那些翅膀还活着，在阳光下会泛着蓝绿色的光。

你把靠垫塞到我腰后，用手掌轻轻摩挲着我的膝盖。那里被沙发扶手撞了一下，目前来说并没有产生什么后果。你温柔地抽干了周围所有氧气，我只能在三角袋里疲惫不堪，挣扎，最后死去。然而我还在呼吸，我还能呼吸，我并非必死无疑的蝴蝶。

左侧沙发在下陷。手臂涌来，然后收拢，我的肩膀挨上了你的胸膛，一定是你的胸膛，那些温暖有韧性的、微微起伏的肌肉。你的心脏，坚定不移地，平静地跳动。在床上以外的地方，我们很少如此亲密。你亲吻我，我把手插入你的头发，你毛茸茸的，你的鬓角、你的下巴，全都毛茸茸的。就像什么动物，就像毛绒玩具。

你从来都很温柔，喜欢搜集那些精致的小东西，喜欢照顾别人。有那么一段时间，我高烧不退，每天都要依靠你的照料，你的湿毛巾、你的安慰。思维在高热中混乱的时刻，我无法拒绝、无法反驳，只能哽咽着蜷缩在你的怀抱中，只能依赖你……后来有很多次，你很多次跟我提起那些时刻。你怀念它。

我了解你，仰之。我知道你的怀念，毕竟我们从大学就认识了，毕竟我们刚毕业就结婚了，毕竟我们想要个孩子，毕竟我们拥有过一个早夭的希望。

做手术需要注射很多药物，它无法在母亲体内生存。

我还记得那些医院里的声音。那些骤然响起的窃窃私语，潮汐一样慢慢起落不定。在看不到的时候，我尤其能感受到那些议论和目光，它们在我的皮肤上灼烧。无边无际的人群里你离我最近，紧紧握住我的指尖。你的手心在我指尖灼烧。

“热不热？”你说，有湿乎乎的东西在我额角蹭来蹭去。你的语气充满了关切，仰之。比曾经更真实，比真实更真实，一种发自内心的关切。那种过去从未属于我的，只属于那些蝴蝶拼画、贝壳风铃、花豹根雕的关切。

我从你手里接过那块湿巾，仰之，那团小小的柔软纸巾。我把它捏在手心里，等它慢慢变得温暖，变得干燥。

我成为了一种彻彻底底的艺术品，永远生活在等待中，就像一张桌子，就像那种最常用于比喻女性的东西——花瓶，像那座根雕。像一切你喜欢过的，正在喜欢的，即将喜欢上的东西。

“你还好吗？”回家后，你把我搂在怀里，“没关系，你还是很可爱。”你的嘴唇降落在我额头上，温暖，带着潮湿气息。又是谎言，很明显。我变成一方柔软的手帕，只能塞在你西服口袋里做装饰。甚至连手帕都算不上，不能被带出门。

胡楂儿按在我裸露的肩膀上，酥酥麻麻。

或许是这些天因为忙碌而忘记了，或许是觉得终于没人管你了所以偷懒，或许是故意想要自己憔悴些……有太多种可能，每种都是正确的。

人们不够了解这个世界，甚至连自己的家都不够了解。所以你不会知道在抽屉里有着多少把刀。家庭药箱里都备有哪些常用药物，哪些需要新买，哪些过期了应该扔掉。厨房的煤气在用完后该把总阀关掉，更为安全。

你知道，仅仅知道，如何往家里摆放艺术品。那块儿根雕应该已经被移了出来，更为醒目地摆在客厅里。当你往根雕上涂抹油脂和蜡来进行保养的时候，空气里总会飘荡着黏腻的酸味。

“打地板蜡。”你总是这样宣称，而那种味道弥漫在整个房间里。地板蜡的味道不会有那么浓重。你越来越频繁地照料着你的根雕。

酸味越来越浓。在我触碰不到、永远也触碰不到的地方，我们的家里应该已经摆满了根雕。等那股味道终于散去的时候，已经是秋天了。零散落叶被人踩碎，发出窸窸窣窣的声响。风好像很大。我能听到身体里有什么东西也在碎掉。我还听到自己在对自己说，足够了。

没人能测量时间。时间是一种错觉，只能通过指针的移动来被认识。正如我们只能通过那些被看到的亲密，被信守的承诺，被听到的言语，来测量人与人之间的爱意。

你雇佣了一个全天护工。是个女人，护工通常都是女人。据说有四十岁，声音听起来却很年轻。你在书房里摆了张弹簧床。有几次我在半夜醒来，而你并不在身边，那半床被子下面什么都没有，用手慢慢从床单上摸过去的时候，只能感受到光滑的凉意。

我从来没问过你去了哪里。

我早就学会了自己去浴室，我能自己拧开花洒，也能打开洗手池下面的柜子，找到几盒还没拆封的剃须刀片。

你原本应该在做晚饭的，可不知怎么就来了浴室，我听见你的脚步声，你走过去，又走过来，鞋底拖拖拉拉地拍打在地板上，像海豹用尾鳍笨拙地拍打海滩。你在门口停住。

我知道你会看到什么。柜子空了一半儿，几瓶洁厕灵和消毒液随意摆在地上，还有成堆的卷纸和肥皂。而我膝盖上正摊着一只巨大的黑色塑料袋，里面似乎装着些发卡和发圈。

“找什么？”你问，心不在焉地把手伸到了这个袋子里。“这是什么？”然后你发出急促而轻微的嘶声。一枚刀片划伤了你，很薄的剃须刀片，不知什么时候被人从浴室的柜子里拿了出来，随意地扔到了这个袋子里。不知什么时候，去年，昨天，或仅仅是几分钟前。

所以浴室变成了禁地，同时不被允许的还有厨房，因为那里有太多危险的金属厨具。你拉上隔间的门，在门口放一把椅子，以免我心血来潮地突然想要自己做饭。而我会摸索着确认椅子的位置，把它轻轻挪开。如果动作足够慢，那扇推拉门的滑轮就不会发出声音，我就能踩在厨房冰凉的瓷砖上，像是夏娃终于走出了伊甸园。

失明后的一切都是探险。我知道灰尘摸起来是干涩的，知道在沙发底下有双旧拖鞋，知道很久之前弄丢的珍珠耳钉落在了一堆废报纸下面。在卧室的角落还有某个皮毛光滑的动物，硬邦邦的，静止不动。我最初被吓到了，仰之，那些光滑犹如活物的皮毛，我最初并不知道那是具尸体。等摸到那双犄角，才明白这是一个标本，一头已经死掉的鹿。你并没告诉过我这只鹿会出现在卧室里。

用自己的方式，我重新行走，吃饭，穿衣服，听音乐，洗澡，偶尔午睡，常常能在梦里重新见到一切。最初是难以忍受的疼痛。视野里出现一块儿不断扩大的黑斑。把目光从电脑屏幕上移开、望向办公室的白墙的时候，那黑暗迅速扩大。

最后我失去一切。最后我在空调的凉意中醒来。

那天午睡后的事情是场意外。窗外下着雨，人在睡眠里就陷得比较久，起床后有些眩晕，我漫无目的地走出房间，理所应当地倒在地板上。厨房里的水流声还在响，但洗碗声停了，瓷器猛烈地撞在一起，脚步声，她走向我，把我搀扶起来。

她的手又冷又湿，不仅又湿又冷……

我在黑暗中独自揣摩了很久，和你出门吃晚饭时才把这件事讲出来："那个保姆手好像有点儿问题。"

"少了两根手指。工伤，之后被工厂开除了，只能做点儿劳务工作赚钱。"你的语调非常平静，过于平静了。你夹了一口菜到我嘴边。"之前是我们厂里的，很老实，干活也仔细，少两根手指不影响做家务的……她很可怜。"

我张开嘴，把自己原本想说的话和菜叶一起缓缓咽下去。这种菜叶带有奇怪的苦味，我尝不出这究竟是哪种。我把你给我的一切都咽下去。

是的，我知道这种事情。她真的很可怜。

只有人类才会这样做，把受伤之后的盘错瘿疖当作艺术品，把那些尸体当作艺术品。

晚饭之后，你总喜欢和我一起坐在沙发上。你的胳膊揽着我，你的手在我脑后懒洋洋地抚动，就像抚摸某种小动物，虽然我并不是小动物。那把刀就在我身后，不是感觉到，我仅仅是知道它在那里。那把刀已经成了我的一部分，我肢体的延伸。寒冷、坚硬、锐利。人们把它制造出来，指望它能顺利地伤害别的东西：削掉苹果的皮，切碎某些冷掉的肉。

蝉在叫。它离我们很近，好像就在窗外的树梢上。房间并没有因为那些蝉鸣而变得热闹起来，反而更加寂静了。它还在不断吵闹着，它们好像在用这种方法反抗着最终会到来的秋天。夏天从来没有这么寂静过，蝉鸣掩盖住了正在发生的一切。

有东西正在注视着我们。可能是蝉，可能是那只豹子，可能是那头鹿……可能不是。

世界上就是有种人。或许这正是你的特点：喜欢那些残缺的、被改造过的东西。贝壳做成的装饰品，被驯化的鸟，被雕刻的树根。那些装饰品一样的人，被驯化的人，被雕刻的人。她们。我们。

我读到过那些。从六七岁开始，那些在夕阳或者火车上摇晃的昏暗灯光下积累的字句，那些让我痛苦，最终让我失明的东西，那些书。其中有几本记载着有关精神疾病的事情。所以我知道世上存在着一种叫做“慕残症”的疾病，那些病人只对残缺不全的肢体才感受到性欲。无论是失去一条胳膊，一只耳朵，还是几根手指，还是失去视力。

你帮我注册加入了某个残疾人互助会。经常会收到邮件，比如助残日晚会征集才艺展示，或者其他类似的奇怪活动。参加活动的往往分为两种，一种对此充满狂热，兴致勃勃，仿佛表现得乐观积极一些就意味着他已经战胜了生活；另一种对抛头露面感到耻辱，对深居简出又感到孤独。我从来没去参加过。

但你很愿意帮助组织活动，还把其他盲人叫到家里一起吃饭，你说这样的交际对我很有好处。你那样热切。你接了许多电话，电话那端是陌生人。至少，对我而言是陌生人。

在这场灾难以前，我们常常凝视着彼此，努力变成一对儿完美夫妻。你总是最先失败的那个，你的表演总是有漏洞，有些时候是挫败中的沉默，有些时候是争吵时摔碎的碗。

现在你毫不费力地赢得了胜利。至少你相信是这样。你投入到自己的新角色中，迫不及待地想要开始另一种生活。甚至给我买了很多新衣服，包括一件新睡衣。你喋喋不休地说："不能放弃自己。"睡衣吊带上装饰着蕾丝，我能摸到那些蕾丝的花纹，却想象不出它们的样子。失明前我从来不会穿装饰着蕾丝的衣服。

"你还是很美。"湿漉漉的嘴唇在我肩头停留，继续向下滑去。

夜晚降临，就像是一堵墙。

看不见的时候，事情更加随意。你压在我身上。我听着你的呻吟，一次又一次从中分辨出那些情绪，何时加速，何时颤抖，何时停止一切。你还是想要孩子，所以我们还是会有孩子，数量由你来决定。

我闻到一股浅淡的腥气，才想起你手上的伤。

即便在黑暗中，特别在黑暗中，很容易就能握住你的手。左手食指上一圈粗糙的布料，创可贴。你能看见，能躲避，能愈合。你是活着的，一种生物，而不仅仅是一堵向我倒下的墙。我慢慢抚摸着那圈窄窄的布料，听见断断续续的风声。树叶窸窣作响，永无止息地落在地上，像是已经决定要把整座城市埋葬。

不会有扭打，不会有意料之外的事情发生。刀尖陷入血肉，我会用自己最大的力量。会有黏腻温热的液体沾满我的手掌。会闻到腥甜，越发浓重的腥甜。我的耳膜突然有些疼，血液嗡嗡作响。一切将难以挽回。一切不需要挽回。

水声停了。脚步声。咔哒。洗好的水果被放在茶几上。你停顿了，你已经注意到我背在身后的手。你的呼吸声很慢，离我很近。

我听见，呼吸。在忍耐的时候你总会这样呼吸，仰之。在你忍耐痛苦或者忍耐欲望的时候。你的忍耐就像你的愤怒一样鲜明。你深呼吸。

“怎么了？”有只手轻轻拢在我胳膊上，轻盈得像是某种禽类的翅膀。你的温度不该这么高的，仰之，就仿佛血液正在你的体内灼烧。你让我觉得自己就要被烫伤了，这很痛。

我把手从背后抽出来，尽可能缓慢，装作那把刀并不存在。你把它从我手中接了过去，你刚一用力我就松开了手。我手里什么都没有，什么都不再有。而你也没有询问。

没有“刀是哪儿来的”“为什么把刀握在手里”，也没有“别碰这些危险东西”。我可能是想自杀，对吧？也可能是试图要自己削水果。或许你自以为非常理解我，或许你不再尝试着理解，只追求结果上的服从。

“不准自己削水果。”最后你这样说。

你只能这样说。虽然那只黑色的豹子看到了一切，那头鹿看到了一切。

这些天我常常能闻到香水的味道。就在那些木蜡的酸臭味之中，隐隐约约，像是幻觉。那位年轻的护工用不起香水，除非有人愿意送她。你们为什么不说话，仰之。为什么你们几乎从不交谈。

我知道那种事情，在雇主和护工间经常发生的事情，在女主人失明的时候更是顺其自然。

所以刀片开始出现在家里的每个地方。被塞进洗碗海绵里面，差点儿就能割破她的手；或是光明正大地放在餐桌上，放在她用来做早餐的吐司面包旁边。没人看到是谁放置的，但我们都知道。像暴雨后原始森林里的毒蘑菇，危险从每个角落里生长出来，那些刀片从每个角落生长出来。

那些薄薄的金属片，冰冷光滑地贴在桌布上，在我吃饭时，冰冷光滑地贴在我的肘部。我用手指按住它，小心翼翼地将它捏起来。我不记得这一枚。或许我忘了。

刀片出现在家里的每个地方。

那个护工辞职了。

结局是凌晨时分压低声音的谈话，结局是收拾行李的细碎声响。结局是她说我疯了，说了很多次；你说我只是想提醒你记得刮胡子，我只是压力太大了。这些声音压得很低，但还是足够吵醒一个经常失眠的人。起初是争吵，随后是沉默。

有很多原因会让人沉默。尴尬，愤怒，或亲吻，或无声的哭泣。过了很久你才重新回到我身边，带着寒夜的凉意。我背对着你，在黑暗中睁开眼睛，看见无边无际的黑暗。

据说截肢的人会患有幻肢症，觉得自己失去的肢体还在……像我这样失明的人，会不会也能“看见”？不是看见光，不是秋风流水。是黑洞，夜间的百慕大三角，那些旋转着吞噬一切的黑色海域是什么样子。深不见底，似有若无，有隐约闪烁的光晕。

仰之，世上有没有能让人失明的药物？

如果有的话，你一定会知道。像你这样杰出的人才会知道如何高效而可靠地获得知识，知道如何让一个机器突然发疯，咬下某位女工的手指。世上又有没有足够善良的人，愿意发自内心地同情、包容、照料每一种残缺？

黑暗里你说:“刚才做了梦，醒了。”声音很小，听起来你仿佛离我很远。声音像雾气那样似有若无，冰冷，含糊。它来自你，也可能来自我的想象，来自想象一样的黑暗。于是我不吭声，于是你重新睡去，或假装睡去。

我还记得医院里消毒水的味道。最初的那次谈话，那时我在哭，而你苦恼地坐在我身边。我能听明白的那种苦恼。你慢慢吞咽口水，随后又使劲儿舔过嘴唇，发出细小的水声。“你现在这样，还是辞职在家休息吧。”你说。

我试图沉默，却还是忍不住说:“不对，辞职也没法解决问题。”

“那回去工作吧，眼睛不好其实也不算太严重，我托人多问问。”

“不对，工作也没法解决问题。”

你重新无计可施，又过了很久才用手指慢慢抹去我脸上的泪水。已经过了太久了。然而我还是能在想象中看见你当时的样子，微微有些佝偻着肩膀，全然无辜，又带着隐约的兴奋。在后来的漫长黑暗里，我总能看见你。

仰之，失明在字典里有两种解释。失去视力，或者失去光明。没什么区别。我相信自己能看到，至少能看到黑色，黑夜，黑空气，黑八月，黑灯火。在那种世界里万物完好无损，仅仅都变成黑色。

仰之，人们总在妥协，在不理解的时候就达成交易。这就是人们一贯的相处方式，直到他们再也没有退路。直到昨天你拒绝了我的请求，拒绝退出那个残疾人互助协会。你以家属的身份出现在那里，所以你也不会愿意退出这场婚姻。你在沙发上拥抱我，说这对我有好处，说我不能逃避这个真正的世界和世界上的一切。你湿漉漉的嘴唇蹭过我的脖子。胡楂儿已经剃得很干净。我们用光了所有的剃须刀片。

我想要尖叫，我所有的神经都在疼痛，可我只能坐在那里，任由你的胳膊缠住我，像蟒蛇与它的猎物，像绸带与礼物盒，所有纠缠里我都只能等待。

怎样才能达成真正的和解?

答案是消毒液与清洁剂，次氯酸钠与盐酸。初中课本里的化学反应，氧化还原，生成致命的氯气。即便是我，即便是并不如你优秀的我也还记得。

在这个初秋的夜晚，在这间柔软而空荡的房间里，我会再次移开挡在厨房门口的椅子，找到最大的那只玻璃碗，我会把这只碗放在我们床头。我会拿出藏在浴室柜子下的消毒液与清洁剂。在此之前，我会听到电梯开门，甜美的电子音提示说十三楼到了，钥匙塞进门锁，咔嚓声，门被打开。你换好鞋，放下提包，向我走来。我会微笑着迎接你的拥抱。

而在此之前，在所有之前，我会坐在这里等你回家。

维心主义

[1]

水声从我耳旁传来。接着是轻微钝响，像是玻璃杯底与床头柜的碰撞。动作利落，带点儿漫不经心。不要是江原，我还没做好准备面对他，去忏悔或赎罪。

我睁开眼睛，看见母亲正把暖瓶放在墙角。她把床头那杯水递到我手里，看我喝下一口才絮絮地说："你早点儿醒就好了，江原之前等了好几个小时，有急事儿这才刚走，还是他去打的开水呢。"

咽下去的水突然泛上咸苦，如果可以的话我想把它吐出。因为这是他经手过的水，每个氢原子氧原子的原子核上肯定都刻着他的名字，它们是被标记过的微型探测器，而我注定只能是那个被孙悟空潜入腹腔的铁扇公主，将无可奈何地任由秘密与性命被握在他人手中。

母亲去买晚饭时，我躺在床上，在胸口的疼痛中让思绪像群鸟般时散时拢，它们久久盘旋着，然后不动声色地将他从那些混乱的痛苦中寻找出来。我必须要面对，差不多一年了。一年的厌倦击败了十八年的毫不顾忌，或者说十八年的毫不顾忌终于绳锯木断水滴石穿地击败了我们。

我们用这一年的时间毁灭了十八年的友谊，却试图在废墟上重建爱情。

一滴泪吗？不能，因为我并非神灵。我只能在短短的几次机会中，聆听他的心跳，犹如聆听他的秘密。

有几次我觉得江原的心跳就像是我的，在生命中占据了绝对重要的位置，然而天长日久得又让人觉得厌倦。或许我必须永无止境地忍受他，忍受它们。

[2]

或许，不为人知的暗示正牵制着我们的生活。

躺在病房里，穿着病号服，望着天花板，四处都是一片熟悉而乏味的苍白。这场景让人感到莫名熟悉。就好像在过去我曾无数次等待它的降临，等待着躺在病床上，因为自己的心脏而满怀忧虑。就好像我正在观看一场悲伤的电影，电影中的人物有着与我相似到诡异的命运，我可以在此时为自己哀悼，又可以在下一秒毫发无伤地回到原本的生活，回学校继续教课。

曾经有段时间，我迷恋上了星座，翻遍各式网站试图破解关于狮子座的秘密，轻意相信那些含糊的话语……然后与那个诅咒迎面相逢：瑞士某个研究机构统计了二十六年，发现在六万六千位死于心脏病的人中狮子座所占比例奇高。在星相学里，狮子座在人体器官中主宰着心脏，心脏是狮子座的人最敏感的器官，也最易发病。我不屑于相信，却莫名其妙地就是忘记不了这个消息，一个字都忘不了。

在很久之前就听过这样的说法：悲伤导致心衰，愤怒导致心梗，无聊的人患心血管疾病的概率是常人的二点五倍以上。我不知道它的可信度，只是从那以后，每当无聊的时候总会觉得隐隐不安。

现在我有些明白了，所有的诅咒都在利用人们的信任，自诩为命运在人心中扬起阴影。你低头垂目想要躲避，不祥却如影随形。

发现自己没有心跳的那天，我的第一反应是自己果然行尸走肉般生活了这么多年。

家里新买了书橱，收拾床底的旧书时我发现了父亲的听诊器。它被装在一个灰色的塑料袋里，和许多奇形怪状的仪器一起。闲来无聊，像小时那样用它来搜索心跳，最终却一无所获。

是仪器坏了还是我太过多疑？经过慎重的考虑，最后我还是无比坚强地去了医院，告诉那个年轻的女医生自己心脏不太舒服，并在她一本正经地说测不到心跳时，很配合地露出惊恐的表情，装作毫不知情。

我怎么会毫不知情？在更早的时候那些命运就被揭晓，我总会被某些注定的灾难袭击。我等待它好多年了，在那些沉闷的呼吸中，在那些悲伤愤怒无聊中。在每节体育课没跑几步就开始沉重的步伐里——作为曾经的校队运动员，我总把自己明显滑落的体育成绩归罪于升入大学后的缺乏运动。在十年前夜夜纠缠的噩梦里。

排队，挂号。躺在冷硬的机器上，等待磁共振仪将自己吞没。不知为什么，一种古怪的满意慢慢冲刷过我的心灵，带着让人迷幻的热度。我没有告诉江原这件事。他总会知道的，但那不是现在。此时此刻我是自由的，而他并非对一切了如指掌。

我能想象这件事会给他带来什么影响。在他眼中，我的一切反抗都微不足道到可笑。他会抿起嘴，鼻梁上皱出几道细纹，不动声色地望过来，说别闹了别拿自己开玩笑。他会感到苦恼，然后熟练地安抚我犹如熟练地替宠物顺毛。

医院里永远弥漫着消毒水的味道，那么熟悉，浓烈得让人感到嘴里泛苦。它唤起了记忆中模糊的疼痛，让我想起了十年前的江原有着怎样坚定到可怕的眼神。

他出差了，需要在外地呆一个月，足够我策划自己的阴谋。我瞒着他也瞒着自己远在异地的父母，打电话去学校请了假，在医院做了无数次检查，为手术做准备。很难说这是不是一种报复。他一无所知。

我把手机留给了最好的朋友，让她按照预先写好的短信模板与他保持交流，宣称这是为了让他“不受干扰安心工作”。这样的行为幼稚而夸张，可是我不在乎。

我能做出任何傻事儿，只为了他的“一无所知”，为了这片刻的自由。

[3]

手术持续了四个小时。手术刀划开我的胸腔，医生发现有一个拳头大小的肿瘤生长在那里。它把心脏挤到了腹部位置，它藏起了我的心跳。

术后又在重症监护室里呆了整整一周。照顾我的护士说，肿瘤是良性的。她还说你男朋友真体贴，每天下班都来看你。

顺着她的指点我偏过头去，在厚厚的玻璃窗后看到了江原。和往常一样，他总是穿着深色系的衣服，在走廊白色的光线下像一团模糊的阴影。因为玻璃的反光，我总是看不清他的表情。

被推入普通病房的过程很迅速。然而在通过那漫长走廊的时候，初冬的空气有点冷，我突然就感到难以名状的孤独。世界之大，与我无关。

这种孤独并没有维持多久。在那间走廊尽头的病房里，母亲居然在等我，父亲把手搭在她肩上。见到我时她是那么激动，似乎想要扑到我身上。

“没事儿了。不会有事儿了。”她紧紧捏住我的手，声音哽咽。从我记事起，母亲总是说这句话来安慰我，它伴着我走过了太多艰难的时刻。泪水让我的双眼微微刺痛。

我对着他们勉强点头，然后发现江原就站在他们身后。似乎在微笑，似乎没有。这提前三周赶回来的人定定地注视着我，脸色苍白得可怕，似乎愤怒与忧虑消耗掉了他所有的血液。

他想不到，他当然想不到我会离开他。懦弱如我，依然迟早会离开他，借助死亡或其他永远无法抗拒的东西。他知道我想隐瞒什么，他知道我的厌倦与恐惧，他知道所有。他是怀着怎样的心情把这场手术通知了我父母？

我想指责他，把一切过错都推到他身上，为什么他那样了解我那样关心我那样爱我，竟然没有发现我之前的胸闷是因为生了肿瘤？

我想对他冷笑。我想编造出借口，没把手术的事情告诉他，是怕他太过担心影响工作从而影响到未来的晋升。我想哭泣着请求他的原谅。我只是沉默地看着他。

我想问他，你还记不记得你母亲去世的那天，你父亲双目通红面无表情地看着你，仿佛永远也不会原谅你。我还记得。

父亲扶母亲出去，去洗掉脸上的泪水。过于明显地，他们想留下一个更为私密的空间，为我和江原。他们不会想到我早已把与江原共度的每一秒都视作地狱，不会想到这是我一心策划的逃离。

有那么几秒江原只是站在那里，将变得冰冷的视线投向我的双眼。就在我以为自己永远也得不到原谅的时候，他慢慢走到床边，犹豫着，小心翼翼地伸出手，将一缕头发从我面庞上拨开。他的指尖冰凉得像在冰水里浸过，而他居然没有因寒冷而发抖。

手指从我的耳边滑落。我没有放过机会，抓住了那只手，一边收拢十指，一边压低声音向他承诺："江原，我还是那句话……假如不爱你，我将死无宁日。"

他的眼神终于变得柔和。继而有泪水在那双黑眸中闪烁。这句话本不该如此感人的，但是它让我们一瞬间回忆起了太多值得落泪的东西。

没什么大不了的。这样想或许会有些冷漠，但也很真实：我总会胜利，他总会原谅我。无论如何，我们的生命早就像两棵树般生长在了一起，根茎纠缠，不可离舍。

在我们终于决定像情侣一样彼此相爱时，他说他爱我。作为回应，我向他发誓："假如我不爱你，就让我死无宁日。"他没有像三流言情剧里的男主角一样，慌张地阻止自己的爱人发誓，说什么"别说那些不好的话"，他没有那么无聊。彼时他只是微笑着，心满意足地微笑着，犹如成功夺走世人灵魂的魔鬼。他低头亲吻我的手腕，桡动脉在薄薄的皮肤下恒久跃动。

日月可鉴，我能够发誓，我能够发任何毒誓来证明自己对江原的爱。几乎所有人都很忌讳用自己的生命来承载某些可怖的诅咒，过于小心翼翼，总觉得但凡暗示便是不祥。然而我确信自己是爱江原的，毫无怀疑也就毫无伤害。假如我不爱他，我甘愿死去。

假如不爱他，我必会死去。

江原走后，我在枕头旁发现了自己的手机。发件箱与收件箱都被清理一空，正合我平常的作风。草稿箱里孤零零地躺着条短信，前半句和我预想的一模一样，“别闹了别拿自己开玩笑”，可是还有后半句，“算我求你了好不好”。

手机屏幕亮着亮着就突然暗了下去，我看着看着突然就泛起眼泪来。

[4]

第二天，江原是在晚上来看我的。竟然没有应酬，也没有值班。或许是他推掉了，或许是本来就没有。在我做手术前，他每天晚上都要忙于工作。我不知道有什么需要忙的，然而他就是忙。我对这些事情一向不太关心。

在床边的椅子上坐下来，他打量着我的脸色，微微一笑。屋里很暖，脱下外套后，那件黑色休闲衬衫让他看上去既轻松又英俊，年轻得有些不可思议。

我沉默地握住他伸过来的手，知道自己看上去有多么脆弱。令人耻辱的脆弱。

“麻药劲儿过去的时候，你是不是疼哭了？那天看你眼睛那么红。”他开着玩笑，半真半假。

“我从来不怕疼。”我大言不惭地答。

“那就好，不怕疼的话，以后咱们的孩子一定要顺产，顺产聪明。”

“还没结婚呢谁和你咱们？你计划得太远了点儿。”

“那就结婚吧。”他语气平淡地说，不像在开玩笑。求婚的话难道不需要道具？他左边的口袋似乎有个方盒状的凸起……他是认真的，另一种方式，另一种更紧密更完全的束缚。窒息感突然降临，我觉得自己说不出话来，只能勉强摇摇头。

“这么长的路都走过来了，现在你还觉得，我们不能在一起吗？”他依旧笑，用一种看小孩子的眼神看着我，宠溺，温和而悲伤。

有个微弱的声音在说“不”，然而另一个更为坚定的声音在说“不可能”。他的眼神正在灼烧我，带来强烈的疼痛。我有些不敢看他。“别瞎猜，也别胡搅蛮缠。”

“那也挺好的。你要是不嫌弃我偶尔的胡搅蛮缠，我就不嫌弃你那么喜怒无常。”他放慢了语速，每个字都是那么清晰。

我感到自己的心脏正在抽搐着，从纠缠中理出某些破坏力极强的情感。它失败了。总之还是一片混沌。“如果不爱你的话，我将死无宁日。”最终我移开视线，祈祷他别从我的声音里听出哭腔。鼻子很酸，但可以忍受。我没哭。这次没有。“可我就是害怕……”

他好像是叹了口气，我不确定。我只是沉浸在了一阵汹涌的伤感里。我从不知道伤感竟会让人如此难受。或许这更近似于悲痛，悲痛欲绝。

“至于吗？”他沉默了一阵，紧了紧握住我的那只手。温暖而有力地，他就那样握住我的指端。“以后别瞒着我，我们在一起就没什么好怕的了。”语气里有种让人讨厌的意味深长。

“怎么可能结婚？”我有些虚弱地说，感到冰凉的笑意正在自己唇边蔓延。

他猛地站起来，表情痛苦得像被人狠狠给了一拳。“我什么都没忘记，但没什么不能原谅的。只是你……”

心脏的抽搐变得越发剧烈。有一瞬间，我以为自己会即刻死去。

然而什么都没有发生。他没把话说完，只是补了句“好好养身体”，随后站起身很快离开了。

泪眼朦胧中我看到他没有踉跄，脚步很稳，很快离开了。

我盯着他的背影。这太熟悉了，在我们真正在一起之前，我曾无数次凝望这个背影。在篮球场上的奔跑，在我口渴的时候走向远处的百货摊，把我送回公寓后的独自离开……

如果是在前天，如果是在手术前的任意一天，或许我都能急切地去追赶他，去握住他的手，去挽救一段走向分崩离析的爱情。然而现在不行，我只能躺在这里，小心翼翼地躲避一切剧烈的运动或剧烈的感情，做一个懦弱的维心主义者。血液随着心跳在我每一毫米的血管里奔涌，沸腾着，带有古怪的刺痛。它在提醒我切不可轻举妄动。那些恶毒的诅咒蛰伏在我的心脏里，犹如一颗颗冰冷的子弹，光滑小巧精致，然而冰冷。

去年过生日时，他曾送给我一只怀表，我从没见过这么精美的款式，对它简直一见钟情。被追问到底是怎么想到这个礼物时，他只是平淡地看着我，说你只喜欢最精致的东西。

这些精致的诅咒，难道是我为自己挑选的礼物吗？把怀疑与厌倦锻造成致命的武器，亲手把它埋在自己汩汩流动的血液中，用生命去交换一个答案。

江原，若是如此，请宽恕我。我只是不想继续艰难跋涉在逆流里，不想被他们冷笑着猜疑唾弃，不想用余生来填补那些噩梦般的回忆。

我只是太想得到解脱。

[5]

在接下来的一个多月里，我都能感觉到这场手术带来了怎样可怕的影响，这场漫长的与死神擦肩而过的梦境。发闷，难以呼吸，每一根肋骨都带着酸痛。像是有无形的车轮从我身上寸寸碾过，留下沉重伤痕。

在某个失眠的夜晚，头痛欲裂的时候；在凌晨、新的一天理应开始却分明没有的时候；在寂静中，在自己震耳欲聋的心跳声中……我突然清楚地意识到自己遗失了某种东西。

听过这样的传闻：有人在心脏移植手术后，会变得行为怪异，仿佛继承了心脏原主人的性格习惯。这是不是说明，血肉里埋藏着我们的情感与回忆。

是不是也有某些隐秘的情感、某些遥远而模糊的记忆，被藏在了那拳头大的一团肉里？它能装下多少回忆呢？一年还是十年，一生一世还是生生世世？

是不是在那些皮层里，在那些细胞中，那些我们的科技还探索不到的、微而又微的世界里……将一个原子不断放大，看上去与一个宇宙极其相似？不知不觉中或许我早已失去了无数个宇宙。

我不知不觉地失去了这些。或许在心脏中埋藏着我们的情感，而在肿瘤中埋葬着我们的疯狂。我失去了我的愧疚与疯狂，重新着陆在这十九年的光阴厚壤。

在住院的这段时间，江原再也没有来看望我。起初，母亲总会喋喋不休地抱怨他的不体贴，还想打电话过去问问他“到底在忙什么，连女朋友都不管了”。我拦着母亲，却也无法帮他给出一个合适的借口。或许他只是明白了。或许他只是厌倦了。

整整一个半月里，他那样彻底地消失在了我的生活中。母亲没有问我们是否已经分手，只是不再抱怨。或许他太了解我了，知道我此时只想独处，不敢见他。

他就那样突然地消失。

在我出院一周后，又那样突然地出现在我的家门口。穿着很正式的西服，看上去风尘仆仆，神情疲惫，双眼因期待而明亮。是刚出差回来吗？还是刚升了职，想和我分享喜悦？

他敲门敲了很久，我始终未曾理会，只是从门镜里向外看。似乎有怒气从他身上升腾。可是眨眼之间什么都消散了。他知道我就在这里——然我唯有沉默。

他依旧是神情疲惫，面无表情，眼里的光芒却熄灭了。皱着眉，他找出手机给我发了条短信。“别闹了……我爸都同意了。没那么复杂,只要你愿意，再难的路我也能走下去。”

我闭上眼睛忍受一阵突如其来的眩晕，不知道该怎样回答。他在门外，低声呼喊着我的名字，一次又一次，声音越来越大，不可思议地，却也越来越温柔，越来越近似于恳求。刚才外面下了雪，他肩头落的雪花如今全化了，变成点点的湿印。像我曾经倚在他肩上留下的泪痕。

我突然就不敢继续看着他。隔着门，我们那么近却犹如相隔千山万水。我不敢开门也不敢回应，却压制不住自己的抽泣。我就是不敢，不敢答应也不敢想象任何一种未来。我不敢和他结婚，更不敢和除了他以外的任何人相爱。或许我是天生的懦弱者，配不上那些勇敢的爱。

他突然变得安静，许久之后才低声说了一句："那我先走了"，听上去苦涩而沙哑。

他离开后，我接到了无数个同学的电话，从小学到大学。他们每个人都在问，"听说你做了手术，恢复得怎么样了？"我永远学不会自如地应付这些关心。江原知道这个，然而这消息肯定是他通知出去的，只有他才能做到。而他肯定是故意的。

这样幼稚的举动甚至称不上是惩罚。

最终选择关上手机，我重新坐回书桌旁整理教案。离开了两个月，两个月前的字迹看在眼里都陌生得可怕。把该做的事情都做完，我仰躺在床上。缓慢而安静地呼吸，让自己的胸腔一次次起伏，让那些吸进呼出的气流维持这世界和自己的微弱联系，心里浮上一种奇怪的感觉。似乎我才刚刚意识到，两个月前自己差点儿就死去了。

生命短暂脆弱。

然而，我们竟花了那么久的时间去与彼此相处，去适应彼此的生活。我们竟用自己毫不稳固的生命去搭建了这样一种坚固的感情。我们竟胆敢如此。

然而毕竟是这么久了。

我知道江原喜欢黑色，养过牧羊犬，非常擅长打台球，但在篮球上是个废柴……我知道他总是散发着强烈的个人特质，总是收敛着自己的情绪。我曾以为自己不在乎他，但不知不觉竟对他也有些了解。毕竟是这么久了。

从小学开始，十九年了。不管什么值得或不值得，我们不可能再付出另一个十九年，去偿还另一场喜怒哀乐。

[6]

回学校的时候，班里的学生见到我后那么开心，脸上尽是喜悦的笑容。他们还那么小，不懂得厌倦，只喜欢旧的东西，只喜欢自己熟悉的一切。他们喊着“老师回来了”，然后一窝蜂地拥了过来。

很多色彩鲜艳的贺卡被堆放在讲台上。还有几袋零食，一捧鲜花。我对他们微笑，下课后又微笑着挥了几下手，才抱着礼物走回办公室。坐回原来的位置，盯着熟悉的办公桌，应付着同事们的问候，我心里所想的却是你。在我重新回到正轨的生活中时，你在哪里？

我早就知道，这一生中能记住的东西很少。那些被我珍藏在时光中的东西，从年少无知的昨日就开始珍惜的东西，粉笔灰、试卷、红墨水、习题集、塑胶跑道、篮球筐、帆布鞋、运动服、阳光……能被回忆起的不过是一些琐碎的细节，一些生命的碎片而已。

人们为碎片而活。习惯于死死攥住每个被打碎的生活，不顾鲜血淋漓。

如果说终有一天，我们必须面对衰老，必须要面对苍白易碎的过往，江原，我希望还是你站在我身边。你知道我的小学评语上写着“上课时不要说话”，你知道我做过的所有傻事儿，也知道我早就熟练于守卫自己的固执。你知道我暗恋过谁，找工作时为了写简历熬了多少个通宵，你知道我是怎样迈出了生命中的每一步。你知道我们是如何彼此相爱。

十七岁那年，我被校外的混混儿纠缠。你知道之后，叫了一帮哥们儿去给我出头——可是你们这群书呆子又能有什么战斗力呢？被学校记过尚在其次，你被人狠揍了一顿算作教训。

你父母结婚十多年才有你这一个孩子，他们从来都舍不得动你一指头，你母亲盛怒之下心脏病发作，没几天就在医院里去世。你父亲在此后的半年里都没和你说一句话。

那时我们那么年轻，被多少人指指点点，被挂到网上，被曝光在媒体，像是两个悲哀而恶劣的小丑。那时候所有人都觉得我们完了。他们觉得这场死亡足以摧毁我们的人生。然而你在我哭得上气不接下气时，只是红着眼睛说，你永远都会原谅我，更何况这不是我的错。

那时我相信只要和你手拉手站在一起，即使被整个世界从身上碾过都没有关系。

血液永无止息地在我们生命中汹涌，把回忆浸染成鲜红的梦境。此时此刻在最值得忘却的记忆面前，我真正开始想念你了，江原。

你一定知道我的想法，对吧？你永远都知道我在想什么。你永远都比我自己都要了解我。所以在中午的时候，你像从前一样打来了电话。那一刻，我又看见自己曾经的生活，模糊的厌倦像是砂纸般从心里蹭过。别无选择，我提醒自己，我别无选择。

“晚上去接你，想吃什么？”一如从前，你这样问我。你肯定知道我想吃什么。你知道有关我的一切，但你还是问了出来。多么虚伪。但我知道你是在试探，是在给我另一个选择的机会。你怎么就能这样原谅我？为什么，或者为了什么。

为什么你能装作什么也不曾发生，如同我从未质疑你、指责你、固执地想要摆脱你？为什么你能够十年如一日地这样了解我这样爱我——甚至不因你母亲的死亡而动摇或躲避？

为什么你愿意重新给我一个机会，为什么这么多次你一直在重新给我机会？

为什么你知道我会后悔，知道我最终将会妥协，将会配合你装作我们从未疏远、装作之前的所谓冷战所谓争吵只是谎言与玩笑？

或许你并不知道。你只是愿意相信而已，相信我，相信这十九年日积月累的回忆与真心。

我挂断了电话，终于无可抑制地哭了出来。同事在一旁会不会感到诧异又与我何干。你会理解的，你知道在收拾好情绪后，我会重新打电话给你，道歉，或表示感激。

被我埋在心脏中的、精致而冰冷的子弹，在那一刻终于轰然苏醒。它绞扭血肉，呼啸着离我而去，将怨恨的碎片撒入广袤人间。不知其落入何处，只是与我再无关联。

江原，如果我不爱你的话，我将死无宁日。我将是行尸走肉，我将永远也学不会如何去生活。如果不爱你的话，我将失去心跳。

我将变成沉默的影子，行走在过往死寂中，然而永无宁日。

安年

高中时我得知江原初一时暗恋过自己，在之后的很长一段时间总是拿这件事儿和他开玩笑。那时我还不知道他会把这种幼稚的爱恋坚持到今天。谁会从年轻时就开始在意模糊的情感，就妄图从凉薄无义中分离出假意与真心？

他会。

我是在后来才知道他是一个怎样固执的人。放在小说里，他将是名声远扬的情圣。放在生活中，他是一场乏味的噩梦。

即使我爱他。熟悉产生依赖，我们还没结婚就已经相识了十九年，我爱他犹如爱另一个自己。

即使爱他，我也依然觉得自己就要发疯。我们甚至多少年都没吵过架，因为他既懂得如何原谅我，又深知该如何获取我的原谅。在他的凝望中我无可遁形，像是巨人眼中的蚂蚁，或是顶尖乐手眼中的乐器，渺小，通俗易懂。于我而言，他是深水中的空气，维持着潜游者最后的呼吸。天生一对儿吗？一开始或许是。然而在第十九年，在两个还没结婚就认识了十九年的人之间，这不是什么青梅竹马的玩笑。

小时候曾把父亲的听诊器作为玩具，拿听诊头在身上到处按。然后轻易地，在胸口偏左找到了心跳……听了一会儿就觉得索然无味，继而感到厌烦。自那以后，我就一直记得自己的心是在哪里。它不在胳膊、手掌心、额头、小腿肚，也不在外界的任何地方。它不能被看到，只能被聆听。那样恒久平淡的跳动，纵使具有赐予我们生命的重要意义，也会让人无法忍受。

有几次，笑闹作一团时我曾把头侧枕在江原的胸口，倾听他温暖的心跳。我能像紫霞仙子一样，在自己命中注定的爱人心里留下常安，你知道，我不怎么相信神话传说，总认为那是一些毫无凭据的杜撰。所以，我这次很难讲清楚自己的感受。

你在单位加班，我就一个人跑去杭州。十一个小时的车程，每停靠一个服务站，就得来一次唤醒，把黑夜睡成破碎陆离的梦境。

偶尔有车辆打着灯超过，那光像是蹭着我旁边的车窗过去的，并没有照射进来。盖在身上的衣服确实被映成明黄，于是我知道先前对那光的印象不过是某种错觉。呼出的水汽凝在了玻璃上，外面是秋天逐渐凉下去的世界。

你能体会到吗？这一夜平静而混乱。我本来没在想你，可是当凌晨车辆又一次停下，我感觉自己被吵醒后再也睡不着。很困，但是再也睡不着。此时，在连绵的黑色的夜里，前面汽车的尾灯，偶尔经过的路灯，乃至遥远的星辰，目之所及的一切光明都像是你的化身。

那时候我忍不住想笑起来。万能的潜意识，它居然知道拿你去抵挡满心的疲惫。

常安，那时候我忍不住想要嘲笑自己，如此努力竟还是无法拥有一段完全远离你的生活：或许有一条滔滔河流，混沌着想要将我们分隔；或许我们都在尝试涉水而过与对方相会，却都没有得到让自己满意的结果；或许拥有迥异性格的我们，在奇迹般的相爱后只会互相伤害互相怀疑，然而此时此刻我确实在深爱着，难以分离地深爱着。这个不可否认的事实像坚固的碑石般难以改变，铭记着我们曾有过的所有眷念，让人无法遗忘。

无法摆脱。即使在最激烈的争吵中，你每个细微的动作，每一瞬间最不被察觉的表情，你眼中闪过的每一丝光芒，它们无不在向我宣称，你也愿意和我相守一生，这让我有时候甚至无法忍受与你待在同一座城市里，不因厌倦只因煎熬。当吵完架后我终于独自一人，与世界上其他所有人一样独自一人，总会有强烈的情感在内心轰鸣，催促着我去找你。拒绝这种催促是一种尤其痛苦的煎熬，可是我必须拒绝，因为根本无法预测在见面的一瞬间自己会做出怎样的决定：指责，哭泣，道歉，拥抱，厮打……一万种可能占据了我的思绪，那么密集，吞下了所有的怒火和愧疚。

最终我决定逃离。现在我终于可以心无坎坷地坦白，自己确是把这次旅行当作逃离，逃离混乱的情感，逃离太多的失望与分歧。

初秋的星辰遍布夜空。它们相似而遥远，让我逐渐倦于分辨那些亮度位置的细微不同，只是阖上双目任凭回忆闪现在脑海，最终步入没有梦境的昏沉。

第二天早上抵达的时候，我以为自己终于解脱。可是，又遇到了不负责任的导游，把我们扔在那里，告知集合时间、集合地点就再也不见人影。

我开始毫无条理地乱转，耳边听到各地的方言，心里兴致不减。跟个人数很多的外地旅行团，到花港观鱼。你看看我拍的那几张照片——在花港那里，鱼着实比人还多。大大小小的红鲤金鲤，懒散地在水中潜游，饱食终日，对游人投的食物都不想张口。

有一瞬间，很奇怪的，我似乎感觉这些鱼有说不出的傲气。这些感觉如老房子墙角的青苔般生出来，变为撑满整颗心的树。“子非鱼，安知鱼之乐”，我知道自己不是鱼自然不会看到鱼的情绪，可这傲气带来的违和感真实地存在，它让我些微不适。

我慢慢从人群中挤出去。

就是那些小小的、色泽艳丽的鲤鱼，竟会让人无法忍受：这是我来之前如何也无法想象的。我怀疑，这是因为昨夜休息不足，所以产生了负面情绪。换言之，那讨人烦的所谓傲气，不过也是种错觉罢了。

从白石桥上走下来，那些等车的人全拥在马路旁，里面掺杂着四五个执勤的警察，每次红灯亮时象征性地维持秩序。

在桥下面的一湾水里，也有成群结队的鱼。

这些鱼不比里面的那些红鲤。它们颜色丹青，一掌大小，几乎笔直地穿梭在水中，优雅地甩尾。身上生出刺丛，梗住仇人喉咙——鱼是把复仇两字写在心里的生物。无端地，它们让我记起穿着青黑夜行服的刺客，尖锐得漂亮。

我小心地啃去面包上的奶油，把食物撕成小块和它们分享。

它们浮到水面，几十几百条细长的身子挤压在一起，反着阳光叫人看不分明。

有个年轻的警察，身着淡蓝色警用衬衫，也跟着倚在栏杆上，垂眼看我喂鱼。

我没有分神去看他，却如同正死死地盯着那人一样，奇迹般看得分明。他警帽压得很低，黑色帽檐遮住了大半张脸，只露出棱角分明的下巴和薄薄的嘴唇。

此时，我突然明白，他来了，却根本不明白“他”是谁。

正这样想着，一段记忆猛地出现在我脑海里，有些突兀地闪闪发光。

我有些害怕，想要转头去看他，可是视线却被牢牢吸引。一片枫叶缓缓地顺流而下，形状完美色泽鲜红，精致到诡异，让我莫名其妙地想到了自己，似乎我的一生也会这样晃晃悠悠地飘摇，忽左忽右，不紧不慢，耀眼而不值一提。

我紧紧地盯着那片叶子，移不开视线：它却没有理我，只是越来越远。有什么东西要走了，我明显地感觉到，有什么东西要从我身边离开了。那些东西都附着在那片叶子上，而那叶子，是我永远也无法抓住的。

我明白我应该离开了。

我必须离开了。

还记得我说过将来如果有了孩子一定要跟我姓吗？不是我任性，只是祖祖辈辈传下来，修鱼氏的血统就这样霸道，那是父亲的坚持。

被称作父亲的那群人，总是想在维系家族的同时，把最好的留给我们。

对，我提过好多次，我的本姓是修鱼。只是当时登记户口，负责人员嫌麻烦要求一切从简，才把复姓压缩成单姓的。

“修”的意思是治理，而“鱼”的意思并不是人们惯常所以为的是一种生物的名称。

实际上，“鱼”是另一个氏族，鱼氏，他们才是统治鱼的人。出于某些早已失传的原因，那群人一直由我们治理。所以修鱼氏的人其实并不懂养鱼。

可能真的是这样，所以我养过金鱼却总不得要领，只能眼睁睁看着它们一夜死去。

常安，虽说是治理，可是我们的关系就像是生活在一起的亲人。

鱼氏懂得怎样去与河泽海洋相处，懂得一切鱼类的生活。他们大多数时间，总是安静得如同一条鱼。

同我在这里经历过的很多事一样，我并不能准确地记起每天自己都是怎样度过的。时间像受潮的奶粉般一块块粘在一起，留给我的印象也是一块一块的。我明确知道的是，自己住在海边，春夏秋冬。

这些记忆融入到我本来的世界中去了，无比自然，仿佛曾在我心里待过很久，是常住居民。可是，我能看到它们周围有一道宽阔的白光，与原本的那些隔开。那道光更让我相信，它们并非我脑海中的自我臆造。

一直住在海边，我却没有权利享受自由。我可以从年纪相仿的女孩儿那里随意地拿走中意的贝壳而听不到一句怨言，却无法用自己的指端摸索着拂过沙滩。守着那些美丽的遗骸，我闻到海风的气息，用想象填补它们身后的故事。

常安，那时候能陪着我的，只有那个鱼氏的少年，鱼央澄。

他花费两年时间，饲养了一群很奇妙的鱼，能听从指挥摆出各式图案。因而，父亲允许他带我出海去观赏。

我们不能到太远的地方，只能稍稍离开岸边。从海上望去，陆地被压扁成一条绵延的线，缝合了天地间巨大的伤口。远处的海是蔚蓝，近处的海是碧绿。

鱼央澄。他的名字是我父亲给取的。并不是乞求大海或河流的清澈——水至清则无鱼的道理，我们早已知道了。所谓的央澄，不过是在乞求内心的安平。

他确实有着最安宁的内心。我不知道一个人要有多干净才能让那样壮观的鱼群，心甘情愿听他调遣。

鱼群击打出波涛，时不时有几尾极其漂亮的鱼跃出水面，迎合他低声吟唱的渔歌。我回忆不起他的声音，只记得宁静如玉，如同灵魂的颂歌。

海上很冷，他带我出海的时候总是晴天。彼时波光粼粼，鱼群变成巨大的环状把我们锁在中间。阳光倾泻而下，整个世界都变得明亮。

常安，他说鱼是最爱这世界的生灵。它们日日夜夜注视着所有的美好，都不舍得眨一下眼睛，生怕错过任何刹那。那时候我曾虔诚地祈求，希望自己能够像鱼一样不瞬双眸，永远注视着鱼央澄嘴角的那抹笑意。

有多少我们相处的时光，就因为这一下一下的眨眼而短暂了。可是，我们却没办法停止这样的浪费，我们不能不眨眼，这是一种本能。

就像遗忘一样。遗忘，也是一种本能。如果没有遗忘，承载着太多记忆的我们是活不下去的。

然而我依旧记得，那件事的来龙去脉。

那年海浪很猛，连着打翻了几条船。命中有神灵保佑的人回来了，命中犯克的人直接被拍打在岸边的礁石上，永无归日。

族里的人说，十年一次，是又到祭海的时候了。父亲的脸色一下子变得很难看。

虽然脸色难看，但父亲最终还是同意。

献给海神的必须是族长最心爱的人。现在，常安，你明白了吧？

鱼氏的人之所以心甘情愿地受我们治理，全因为我们必须要为所有人心甘情愿地承担痛苦。这是我们的责任。

本该是用我去祭海的，但父亲舍不得。上个十年，他送走了母亲。

父亲虽舍不得却绝不会去欺骗神，所以他把族长的位置给了修鱼慎河。修鱼慎河深得全族人的宠爱，出身正统，温和而不娇纵。何况，那年慎河刚好成年。

如此一来，修鱼氏的所有人都可得以保全。

如此一来，他们会拿鱼央澄去祭海。因为，我就是修鱼慎河。我就是他们最需要的那个借口。

我有什么办法呢？没有可以继续传递族长之位的人。鱼氏也没太大异议，因为能成为修鱼氏族长最深爱的人，是亘古未有的莫大荣耀，他们求之不得。

“没事的。”他母亲，那个勤劳能干的妇人顺从地坐在我家里最破旧的椅子上，告诉我们，“没事的。”她说她还有一个儿子，鱼央澈。所以对鱼央澄能被族长选中感到无比荣幸。

所以少一个儿子，也是没事的。

鱼央澄，我说过要爱他和他的族人。可是当时我却难以抑制地恨他的母亲。恨她对我丝毫不加反抗的服从。我还能恨谁呢？

恨谁也不被允许。我必须要爱每个人，这样一来神才会爱我们。这样一来我们才有救。

祭海那天，船头上拴的布条都是用祭品的血染红的。

我站在最结实的船上，看见族人勾勒出无数条大大小小的鱼尾点缀他全身。那是我们的图腾，好像只要生出鱼尾就能在波涛中尽得自由。

究竟要到何年何月，究竟要付出多少代价，我们才能同鱼儿一样活在水中？

他胸口有一道口子，血液已经凝固住了。昨天夜里，族人就是从那里接出一碗血，和猪牛羊的血混合在一起，染红了船头的布条和祭海的旗帜。

父亲以上任族长的身份站在我身旁早已规定好的位置，盯着船头的旗帜。等太阳恰好升至旗杆顶部，他提醒我时辰到了。

时辰到了，误不得半分。自始至终低头不语的鱼央澄没再看我一眼，转身跳了下去。

我没反应过来，愣在那里，以为他很快就会重新出现。

自己淹死自己，这种事有多难？且不说人都有求生的本能，大海也不会允许你顺利地沉没——大海永远仁慈沉默，她不会留人，她会把所有失去的东西都还给我们。

哪怕归还的时候只剩一具空壳。

如果他浮上来的时候还未死去，只会被船上站着的人用石头砸回海底。那时候，他依然会心甘情愿地沉没。心甘情愿的牺牲者，才是我们需要的祭品。

所以浮不浮上来又有什么区别呢。难道我非要再看他一眼？

他到底是没有再出现，一眼都没有让我再见。回去的时候，我才记起隐约听人说过，那位置下面是大片礁石。他一定是把自己固定在了礁石的缝隙里。他是怕上来见我吧？

不，也许他落水的时候，就已经撞在礁石上了……那些狰狞的，布满黑白色贝壳锋利残骸的礁石。

常安，我能感觉得到，那时候的我是真相信有海神存在的。如果不是如此的相信，我恐怕一眨眼就会伤心得死去。

回去的时候，我就发现了天边乌云的边际。风很大，连着下了一晚的雨。我缩在床边，心想难道这是海神生气了吗？难道说我最爱的人不是央澄？想着想着，心里就痛起来，比亲眼看他跳下去的那一刻还难受。门被紧紧地关住，可我仍能感受到风从我们的屋子上凶狠地扫过，像是用千百根留着长指甲的手指拼命抓挠：吱——吱咯……

那之后，海面果真就风平浪静了。

他的族人获得了安全。他弟弟在海上安稳地度过了几十年，才双鬓灰白儿孙成群地死去。

所以，有时候传说大概是真的。他用他自己，为我们换来了这些。

我猜测，那是一场罕见的台风。台风终于过去。

我不知道他现在是何样貌，是否也记起了我。如果真的被一个人记了这么久，我也是会害怕的。

下午，我整理好情绪，跟着旅行团的人去了附近的木雕展。展厅古色古香，有几座很大气的作品，那根须像是蕴蓄着蓬勃欲出的力量。其他的，大多数是如来的形象。导游唠叨着那几乎无人不知的句子：笑口常开笑天下可笑之人……到处都是笑着的如来。笑，笑笑笑，不停地笑，真有那么可笑吗？窗户的雕花透过来光影，他们的脸半阴半阳。在那片无边无际的笑容里，我突然就想要流泪，我不知道为什么。

眼泪最后还是没有落下来。

之后又去周围转了一圈。当时留下的那几张相片，你也看了吧？本来是要照茂盛的竹林，但按快门的时候不知为什么太阳从竹叶的空隙挤进画面来，吓了我一跳。不是说不能直接照太阳、会烧坏镜头吗？还好，这次相机没损坏，我成功留下了一大团光线。明晃晃，光芒万丈——常安，那是很少见的灿烂，我们这里的阳光总是带着暗淡。看阳光，确实应该跑来南方。

只是因为要看阳光，所以我就一个人跑到南方来了吗？我到底是为什么非要到这里来呢？我想了很久也没有想清楚，现在才隐隐地觉得，是这个城市在呼唤我。有一种力量在心底对我说，我应该出现在这里，去完成我生命中一段奇妙的旅程。

那些让我不适的鲤鱼，是在赶我出来见谁吗？我看到路边有个餐馆，叫年年。它是何时建起来的？也是在隐秘地呼唤我吗？我所经历过的一切疲惫、思念，乃至挫折——它们都是为了把我带到这里才发生的吗？

出发之前和你那次吵架，也是在这庞大的计划之中的吗？

我知道有种定律，但凡最可能导致悲剧的事情，不管发生的概率多小都会发生。那么，对于我们的恋情来说，最不幸的事情已经发生了吧？吵完架独自旅行的我，居然记起了前世的爱人……就是这样的一种神秘巧合吧。

难道说，人要经历如此漫长的时光才能投入下一次轮回？难道说，每次轮回都会诞生在与前世同样的地点，甚至拥有相同的姓氏？我猜测，这不过也是种巧合。在我所能拥有的许多次生命中，有两次恰好比较接近，所以回忆与经历在咫尺的深渊边缘产生共鸣，让我记起了很多前尘往事。

还有很多东西，我们再也没有机会去记起。

我之所以要把这件事讲给你听，是因为自己那非同寻常的惊讶。不仅仅是惊讶于这件事本身，更是惊讶于内心的反应。我在记起鱼央澄后，竟没有任何悲痛或心动的感觉。对我来说，这段前尘往事所带来的一切牵挂，都不过如此：在大好晴天，他站在我身边看我喂鱼。这就抵过之前所有的亏欠了，前世来世都再也不相关。

我曾以为“恍如隔世”是一种苍凉而无奈的感受，可实际上并不是这样。它是很熟悉很温暖的感觉——只有熟悉和温暖。

在记起他后，我发现自己依然爱着你。这是不是说明，每经历过一次轮回，一个人所有的感情都会更新换代？

你曾说过下辈子我们也要在一起。我现在明白了，最好不要这样——其实要与不要也不是我们可以说得算的——我想下辈子，我们会忘记彼此吧。到那时候，生与死我们都穿过了，身上那些浓烈的感情被忘情水洗掉了颜色，彼此间的牵挂眷恋一定也会变淡的。

那时我们会爱上另一个人，不再执着于原本的爱恨。世界上的事情就是这样被安排的。

常安，你要相信，一定有种力量在安排我们的人生。

而现在，正是这种力量，它最终允许了我们的相爱。

我第一次见到你的时候，你手里拿着一支烟。明明那么年轻而干净的人，去掉那支烟就如同高中生一样的人——却拿着一支烟。

常安，我在比年轻还年轻的时候，曾特别向往抽着烟的男人。我喜欢烟草的清香，便以为所有的烟都一样的好闻。我想要咖啡和烟草混杂起来的吻。可后来，真正遇到了那些吸烟者，我发现焦油的味道让我感到恶心。因为恶心，进而觉得肮脏。你是我愿意忍受的第一个吸烟的男人，也谢谢你最后为我把烟戒掉。

隔绝我们的那条河流依然存在着，依然滔滔不绝难以渡越，可是它再也不重要了。旅行前的那些疑惑找到了理所应当的答案：我们不能因为偶尔的伤害而分离，因为一旦分离就不会再有机会补救，就不会再走进这样亲密而牢固的关系。不再有机会了。

或许修鱼安年也曾贪心祈求，想和鱼央澄再次相聚。然而这样的念头总是会在生命的断层间分崩离析，在相隔遥远的时刻里显得脆弱卑微不值一提：不管愿不愿意承认，我们总归是没有资格，去任凭今生的遗憾影响下一世的生活。情因情果，不过一生。

这次旅游，我犯了个小错误。因为相机没电了，我改用手机拍照，内存满了后开始删掉一些照片。起初删掉的是很傻的自拍，而后是几张黑漆漆的看不清人影的东西。我随手删掉，心里觉得古怪，而后突然想起那是你陪我去看海时找路人给我们拍的合影。虽说很暗，但仔细看能看到人影，能看到我们的笑脸——这些被不小心删掉了，可既然我已经清楚记住，也就无所谓了。

常安，你和我的名字中都带有一个“安”字。这个字始终对我有着非同一般的吸引力，我总能从里面看到绵延千年的歌舞升平，盛世华景。在终于结束这段象征逃离的旅途，疲惫不堪而满怀渴望地等在车站时，在你微笑着接下我手中的行李，轻轻亲吻我的额头然后说欢迎回来时，我知道我们正手拉手走在一条艰难的道路上，而路的尽头就是此生的归宿。

我想，不管是当时的修鱼慎河还是现在的修鱼安年，都是幸福的。不管经历了怎样的事情，她们都能给周围的人带来平静的生活，把所有的痛苦都浸泡在时间的汪洋，于是这痛苦也就淡了。她有她族人的平安，我有你。

所以我们就这样安稳地生活下去吧。

这便是我此生最美好的心愿了。

安竟

所有回忆都是在世间死去的时间。

它们在阴雨季节鬼哭狼号，挣扎着要为自己的牺牲讨个说法。

每当此时，我都想堵住耳朵，坐在窗口注视灰色天空。我都想为它们点起长明灯，让逝去的一切魂归故土，永远长眠。

堵耳朵……或者是放音乐。

接到你电话的那天早上，我身边的音响里传出的是贝多芬的《命运交响曲》。我不是喜欢它的壮怀激烈，只是单纯喜欢上了这个名字，这个比一切更为强大的名字——“命运”。

我把音乐暂停，拿过手机后漫不经心地贴在耳朵上……然后我们就分手了。

我努力克制自己，维持住原本的漫不经心。你的声音起伏在我耳边，宣告我再也不是你的恋人。

你说：“胡杨，我们真的不适合彼此……离开我你会过得更好。”

我很冷静地接受了你说的一切，然后一整天都忘了继续听音乐这事儿。

在那天以前，我们曾分手过七八次。正式与非正式、漫长和短暂、愤怒与伤痛、欺骗与威胁……只是在它们中间，从未有过这样平静的场面。

我花费了很长时间来思考你的认真程度，然第二天早上起来，却已几乎忘记这件莫名其妙的事情。

提醒我记起来的是哥哥的短信。之前我们的事情从未牵扯到哥哥，因为“和好友的妹妹谈恋爱”对你而言有种古怪的尴尬。

这次的情况为什么会变得如此特殊呢？

接到短信后，我去你们公司找你。

午休时间，你已经出去吃饭了。我早饭就没吃，此时饥肠辘辘却还在坚持等待，等待你回来。四周很嘈杂，像是所有的事情都在发生，都在被某种力量催促着不停地进行下去。整个城市的轮廓都很鲜明，基调灰暗而生机勃勃。

我拿出手机，开始提前联系下午的工作。没发几条短息，就听到你回来了。这是我最感羞耻的绝技，不管有多少人喧嚣着从身旁走过，总能瞬间从中捕捉到你的声音。

抬头时，刚好看到你和同事一起从路对面走过来，谈笑生风。你身上的衬衫是我所熟悉的银灰色，低调而优雅。你还是原来的那个你。

你察觉到我的视线，也看过来，然后突兀地沉默了。

我们曾有过多少次沉默呢？

你，或者是我，随口说了一句话，满心以为对方会理解然后顺其自然地接上。可不料换来的只是沉默，充满了怀疑、抱怨、指责的沉默。

据说，在每一个全然安静的时刻，都会有小仙子诞生。

我听见她们在我们之间挥动翅膀的声音了。安竟，那是属于我们的小仙子，正是沉默孕育了她们。

现在，你又一次沉默了。

你摆摆手让同事先走，然后慢慢走过来，看着我，表情枯燥而柔和。

我努力调动出自己一切好奇心，再次认认真真地打量你。你的确是一个没有什么特点的人——在这么长时间后，我终于承认。

安竟，有这样一个问题，它被无数人在无数场景前问了无数遍，却依旧得不到最适合的答案。我现在想用它来询问你，不要求回答地只是询问你——人们因为什么而相爱？

是想要摆脱孤独，还是想要追求愉悦；是受诱惑于年轻俊美的容颜，还是着迷于壮阔斑斓的情感；人们口口声声说要在一起，可是这样捆绑起来的生活又隐藏着怎样的目的……我怀疑过我们的爱情。

这一切都是在你所不知道的某个时刻发生的。

我现在不惮于把这些都告诉你。只怕你不会相信，抑或相信了却不愿意承认。

因为我猜测，正是由于我们自身太过犹豫不决、缺少勇气，而注视我们的世界又太过严格……才导致了“分离”这种可怕的后果。

彼时我们一同沉默。这沉默像是液氨般从头到脚泼了我满身，让我僵硬寒冷失去知觉，好像稍一动弹就会“咔”地碎成粉末。

然后我忍受着这样怪异的感觉，强迫自己转身，强迫自己迈开步子在你尚未来得及说出什么之前离开。

或许你就在我身后注视着我的背影……但我没有回头。

我似乎从小就有一种特殊的能力，可以随心所欲地分析各种声音。与人交谈时，我可以根据对方声调的细小变化来判断他有没有紧张或说谎。父亲晚上回家时，我也能根据他说话的腔调以及脚步声来判断他醉了几成，以便早加准备，更加小心地应付他的脾气。

有段时间，哥哥每天去上学，而我太小还只能待在家里。父亲也要上班，母亲倒是可以陪我，只是她一天到晚忙着做家务。

没有什么玩具能够使我感兴趣，像拨浪鼓那样的东西发出的声音又太过单调乏味。这时候，我总是盼望着下雨，我是如此地热爱雨季，这热爱在我此后的生命中也一直延续。阳光下单调的生活，在雨水浸泡中恢复了活力。雨水如同从天而降的奇兵，用它们自己来拯救世界。汽车的发动机盖、广告牌、树叶、雨伞。各式物件被击打出各式声响。恍若隔世，遥远而清晰的声响……令人迷恋。

就连你留给我的最美好的回忆，也是和雨有关。

当时的我们，已经认识四个多月了吧。

外面下着雨，我在公司收拾好东西，给你打电话时得知你已经到楼下了：你并不是每天下班都来接我，只是那天说好要一起去吃完饭看电影罢了。这算是我们的约会。

把手机收起来，我拎着伞，不知为什么，像是漫不经心又像是命中注定般，先从走廊的窗户往下看了一眼。

若写成一篇人世游记，这定是我笔下最旖旎生情的风景：你站在雨里，撑着一把简单的蓝色大伞，透明的雨滴从伞沿接连落下，地上的细流哗啦啦地拥挤流去。你的表情是很简单的，有些期待，有些心不在焉。

阴沉的天空下，仿佛世间的一切都与你无关。

然而我却知道，你是在等我。

我狭小的心得到了超过它容量的满足。有那么一瞬间，似乎我的整个灵魂都变得柔韧而温暖……我觉得我一生的目的，不过就是找到这样一个能在下雨天撑着伞等我的人。

听好了，安竟——那一瞬间，我承认你为我一生的目的。这样的愚蠢是如此的可怜而可贵，以至于我向自己发誓，永远也不允许这种情感再次出现。

而在那时，我觉得自己非常爱你，甚至愿意在必要的时候为你发疯。多么简单又多么奇怪啊！只是这样一个普通的场景、这样一件普通的事情，竟然就如此深刻地触动了我的内心深处。那天所看的电影，我们所有的对话，以及我们相处的每一段时光——都比不上这一瞬间的回忆。

足够了。即使是一瞬间、即使是一生只有一次，也足够了。

我开始懒得吃饭、懒得睡觉，懒得做任何事。折腾自己，如同自己是个“生而三千年不死”的老妖精。

我没有那样旺盛顽强的生命力。在第三天，我对着镜子里的黑眼圈，有些扫兴地决定停止这种无聊行为。

我决定要认真地和你谈一下，以维持自己破败的尊严。

此时，却接到你的短信：你回上海了。回到了你的故乡，那个你和我哥同学四年终成死党的地方。

没再犹豫，我打着去探望在异地安家的哥哥的旗号，小有波折地说服了父母，又极顺利地搭上了一架没晚点的飞机——要知道，那几日上海刚下过雪。

我想尽一切办法要与你认真地、面对面地交谈一次，以彻底杀死我心中残存的感情。

抵达的第一夜，我睡得很不好。

屋子里的两台空调轮番上阵，轮番偃旗息鼓，再轮番上阵，再轮番偃旗息鼓。

嗡嗡的声音固执且不以为然地打碎了我的睡眠。

天光不亮。

尝试入睡。尝试无果。

于是我翻身起来，想为自己找点儿事做。先是拿着手机看电子书，看了一会儿又开始翻看自己的通讯录，试图从那一个个熟悉或陌生的名字里抠出点儿足以让人微笑的记忆。百无聊赖，直到翻至你的名字。

我在跳过和选中间犹豫了零点几秒，然后发现自己的行动永远快过思考：顺手按下选中，一串儿烂熟于心的号码在屏幕上显现出来。

我就那样盯着你的号码看了十多分钟，然后终于觉得疲惫，继而沉沉入睡。

早晨醒来时，自我感觉尚好。不头痛，不眼酸。

哥哥不肯告诉我你家具体住址——所以我又浪费了整整一天。只是当时的我全然不知这一天的时间有多么至关重要，而这种浪费又是多么毫无价值。我只是窝在旅馆里看书，时不时抬头打量一下窗外。

天空依然是灰色的。我怀着隐约的期待与隐约的无望，时不时地，会再次翻出你的号码来，对着它发呆。多可笑啊，这串儿毫无意义的阿拉伯数字，在彼时彼刻，竟被赋予了与你同等重要的意义，仿佛它们就是你的替身，仿佛它们也是有生命的、也会按照与你一致的节奏呼吸……也会莫名其妙地弃我而去。

晚上，哥哥拉着我出去吃年夜饭。

餐厅里人气儿很旺，他身边坐着我的漂亮温柔的准嫂子。她观察着我的脸色，揣度着我对她的评价，不露声色地想要从我口中问出各种对她有利的信息。

正当我疲于应付她时，有个年轻的男子，边与旁人交谈边朝这边走来。

我慢慢往左歪了歪身子，尽量不动声色地扫了他一眼。他毫无所知，越走越近最终从我身边经过。

明知道不是你，偏也忍不住因为那相似的音质而频频回头，忍不住向他看去，像在确认什么。

哥哥有些担心地看着东张西望的我，犹豫了下，最后还是说："打起精神来，新年新气象啊！"嫂子附和几句，也笑了笑。

我口里应着，又朝那个方向看了几眼，才转过脸来和哥哥继续说笑。

然而三心二意地继续吃饭的我，在这顿饭的后半场，再也没有听到那个和你相似的声音。

除夕之夜瑞雪纷纭。

降雪通常让我感到莫名喜悦。因为大雪落后，整个世界都安静下来。偶尔有声音响起，也总是带着澄澈清新。

有烟火一路上升，映红了大片天空。周围的商厦全都折着光，万里霓虹交相辉映。大上海的繁华，愈演愈烈了。此处都能看到放爆竹的人，家家户户都在讨个好彩头。

和哥哥告别后，我执意不要他们送，自己走回旅馆。不知为什么，在晚上这段路显得格外远，以至于十二点整的时候，我仍在回去的途中。

告诉我时间的是旁边一对情侣的欢呼声。他们看上去比我还要年轻，拥抱着，笑着，仿佛彼此是对方最好的新年礼物。

我愣愣地站在过街天桥上往下看，就这样待在整个世界的爆竹声里，独自辞旧迎新。身边没有你。

嘉年华的歌谣与彩灯，餐厅的钢琴曲，森林公园的鸟鸣与溪水的潺潺……那些记忆因为它们自身的衰老死亡离开了我，而你又是因为什么而不在我身边了呢？哦，对了。哥哥曾经告诉过我：因为我们分手了。

亲友的祝福太多了，收件箱爆满，发出嘀嘀的提示音。

我掏出手机。然后看到了你的短信。它在无数细小的电流磁波中穿梭，在无数混乱的信号中坚持自己的内容，并在此刻把这内容传递给了我。

它告诉我，你已经离开上海了。你说祝我新年愉快。

我几乎是本能地立即察觉到，你是在躲避，你自觉不该再次面对我，以免引发不快与争吵。你是在厌烦。

你不知道那一刻对我而言是怎样的。所有已经历或未经历的孤独困苦，都无法与其相提并论。

那是最沉重的鼓点，整场音乐会最悲哀的高潮。

不再停留地匆匆赶回去。耳边回荡的声音如同隆隆炮火。在上海的街头，我看到有爆竹的碎屑由密至疏地散成一摊，昏黄的路灯下，倒像是落在破败池塘里尚未化开的血滴。

真真触目惊心。

六月阳光大好。

那天上午，我闲在家里，坐到书桌前贪看一本书。不久，就接到了哥哥的电话。分手这件事情并没像你想象中的那样可怕。我没再多做纠缠，你也没有失去哥哥这个朋友。只是哥哥可能会有些苦恼：他以后需要同时应付我们两个人，而不让我们接触到彼此的一丁点儿信息。

安竟，在分别了这么久之后，你能不能暂时放下你坚硬锐利的骄傲，诚实地回答我，那时候你是不是在哭?

哥哥给我打来电话的时候，他那边很吵。我费力地听他叮嘱我多回家看看，然后在嘈杂中听到了一个过于特别的声音，明亮干净，却带有若有若无的潮湿气息。这个声音有一种奇特的魔力，让我瞬间什么也说不出来，只能勉强应付他几句，就匆忙挂上电话了。

后来我才反应过来，那是你的声音。我之所以会觉得它特别，正是因为曾对它过于熟悉。

后来哥哥也向我承认了这一点，他当时确实在和你一起喝酒。

我现在住在青岛。四季都能看到缠绵而多情的雨。

“我想有座房子，面朝大海，春暖花开”——多老的诗，也难为我还记得。买的不是海景房，但离海也不远，空气里一阵阵的海风，隐隐约约可以听到波涛四起。

工作不算忙，有很充足的时间留给自己。目前我只想要安安静静地，一个人地，生活在这里。

上周，我抱着新买的书往家走，突然被一张广告海报吸引住。画面很大气，左角垂下来一句话：属于回忆的背景音。是用来宣传新款CD的。

我盯着它看几眼，突然就恐慌到无以复加。我突然又记起了你的话，安竟。

你曾说过，只有全然的安静才最适合回忆——因为音乐太容易引起感情的波动，导致记忆产生扭曲，变得模糊而不真实。

当时的你并不知道属于自己的哪句誓言或谎言会被我随耳铭记，无可救药。

写这封信的时候，已经到夏天了。屋子里很安静，只听到手腕和纸张摩擦的声音，沙沙。屋子外有鸟雀，叉着脚在树杈间跳来跳去，许久才会发出一两声鸣叫。据说有台风要来，现在虽说看不出什么迹象，但出行的人都拎着伞。

与你分别的时间不长，才七个月。然而，已经有了仰望不到尽头的透明屏障，它们拔地而起，固执地将我们隔绝。永远，永远是两个世界——以至于我百万分地确信，这封信永远也不会被你看到了。

我不舍得让那一笔一划倾注其中的每种感情被火焰吞噬，不舍得把它燃成灰烬送到你那边儿……所以，这封信永远也不会被你看到了。

我不感到后悔。我相信，即使你没看到这些，也依旧会毫无痛苦地、安然地忘记最后那一场灾难，忘记折磨你半年的古怪病症，重新找到下一个轮回的机会，投身于下一场生活。

可是，那次哥哥给我打电话，他周围好像很吵，我怎么就自以为是地觉得是自己绝佳的听力放大了一切嘈杂？我怎么就没有想到，是你让哥哥外放了手机，想再听听我的声音……

食色

[1]

古人说食色性也。

而我常常把第一个字理解为动词，故意扭曲它原本暧昧无比风流十分的含义。

食色。吃颜色艳丽的东西。

我怀疑我的眼睛和我的胃是联系在一起的：我看电视的时候在吃东西，看书的时候在吃东西，甚至出去旅游看风景，也是一手拿食物，一手拿相机；看到任何色泽美艳的东西都想把它吃掉，包括纹路浅淡的大理石桌面、抢眼的彩色塑料碗以及剔透的玻璃杯——对于有异食癖的人来说，玻璃吃起来大概就像冰糖，但口感比冰糖脆一些，我曾认真地想过这个问题。

随着所见之物的不同，食物种类亦频繁变换，所以说我喜新厌旧的朋友很多，说我太浮躁的也大有人在——每每此时，我都会把胡杨拉出来，以证明自己其实很长情。

胡杨……我们相识三年多了。习惯成自然地相处，没有什么波折，也从未过分地依赖彼此。我并不觉得这样的爱情是什么稀世珍宝，然而，每当梦佳因为失恋吵架抑或争风吃醋叫我去递纸巾时，我总会被她羡慕无数次。她总会说陈安如果我是你就好了，我跟你换换好不好？我会边递纸巾边说，好好好。

而这时她又总会低下头去继续哭，不再理我。

有一次看完电影，站在门口边吃爆米花边与梦佳闲聊。她颇有感慨地说，在爱得惊天动地的恋情里，总有一方对另一方的亏欠，而像我们这样细水长流的爱情，却是两不亏欠，真让人羡慕。

我笑着点点头，然后在心里对自己补充：或许也是两相亏欠。亏欠无法弥补，就那样在我们心里膨胀，密度越来越小，小到似乎可以随时将它们忽视。但它们一直在那里。微不可查地，沉默地，一直地在那里。

那天晚上，依旧是他开车接我回去。明黄车灯扫过街角，垃圾箱上斑驳着污迹。

那天晚上，告别时我反常地没说话，只是牢牢盯着他的眼睛。许久，他才有些无奈地微笑起来，“怎么？”我回以笑容，只是摇摇头。

在很久之前，梦佳曾一本正经地告诉我：如果爱一个人爱得太深，甚至会不敢直视他的眼睛。这真是假话，我从第一次遇到胡杨开始就喜欢盯着他的眼睛看。盯得久了，仿佛能从里面看到他整个人。

［2］

分手的场景异常平静。

好像刚才还手牵手慢慢地上楼梯的情侣不是我们，而是另外两个路人。寂静的黑夜，路灯安稳地亮着，他仰坐在沙发之间，说陈安……陈安。

那天他连喊了两遍我的名字，咬字清晰，声调平稳，几乎算是破例。

我抬头，借着一点微光看见他平静的侧脸。

他说："你从来没想过要和我结婚吧？"

"结婚？"

他笑了笑："这样的话，对你可能也没什么影响……我要调到外地工作了，如果你不想跟我去，那就以后常联系。"

我只是听着，努力做出若无其事的表情，然后偏过头不再看他。

原来那句话是对的，如果在乎一个人在乎得太深，便不想直视他的眼睛。

他还在那里自顾自地说下去，"茶几上有你的保险单，你买车了？桌子上有一摞招聘信息，你是又准备去哪儿？大学毕业后你跑了回来，我就在你后面跟着跑回来。可是直到现在你都把我放在你生命之外。你什么都不跟我说。"他站起身绕过来，和我对视了一会儿，说，"我今年圣诞节的时候就走。公司调动，去青岛常驻。挺不错的机会……你跟不跟我去？"

我说："我家就在这儿，到那边一个人都不认识。"他的眼睛还是很清澈，却让人一下子看不懂了。说话的时候，我感觉他在把某种透明而密度奇大无比的东西狠狠地塞进我的胃里。

他的表情似乎在说，"我就知道"。

我看着他的表情，"你让我的胃不舒服。"总是这样，当我想哭的时候会有一种冲动想要呕吐，当我呕吐的时候也会眼泪汪汪地很想哭。

他依旧是不以为然地笑笑，以为我是在变相骂他恶心。其实我真的没有那么想，因为他虽然古怪了点，本质还不怎么让人讨厌……还是挺让人喜欢的。

小时候妈妈告诉我，看到任何想吃的食品都可以买回来。她说衣服化妆品什么的都是用来给别人看的，可是食物，吃到自己肚子里就是自己的谁也抢不去。这是某种偏执的自私，但我觉得她说的也有一定道理。但我又不觉得自己是个自私的人。

既然不自私，就应该放手。

于是，我说："如果你走了的话我会饿死的。"

胡杨并不觉得我是在陈述事实，而我也没准备让他明白。

他最后笑得像只伤了自尊的狗熊。他说你再去找张长期饭票也会很容易的。

他说："我是不是之前跟你说过你很漂亮啊？"他在睁眼说瞎话，他之前一直都说我很丑很丑，又懒又馋，除了他再也不会有人看得上。

他说："你很漂亮，会有无数人喜欢上你的。努力抓住机会。"

后来我在半夜给梦佳打了骚扰电话，和她瞎扯了会儿，然后硬邦邦地蹦出一句："我现在倒真想和你换换了。"

她很快反应过来，问："你吃错药啦？"

[3]

我重出江湖。扫荡尽市面上所有美食，然后终于知道在如此糟糕的心情下，养活一个特立独行的胃需要多少耐心。

买来最精致的食物，用眼睛依次对它们进行扫描。仿佛自己是一台精密仪器，能将所见放大至亿万倍以上，透彻观察每个原子外飞速旋转的电子层。没有任何美感可言，它们都是彻头彻尾的外界品。我难以想象，人类脆弱渺小的躯壳必须装下这些奇怪东西。

你想将谁吞噬，嗯？它们到了你的胃里，就会逐渐融化，最后取代你，组成另一个你。

圣诞节，临走前他亲自下厨给我准备了一顿饭。

他曾向我宣称，他做得一手好菜，而实际上这所谓的大厨只会做西红柿炒鸡蛋——据说还是为了我才专门学的。

他往里面加了糖，来掩盖西红柿的酸味。它确实不酸了，尝起来却有味精加多了的苦味。

那是种很特殊的味道。在以后的日子里，当我看到大海或是哭泣的人，我总会联想起它。

而每当我想起它，总会忍不住猜测，他到底往菜里加了什么调料？当时怀着怎样的心情？这种心情，又是怎样隐秘而深刻地破坏了那些食物，重组了我的味觉？

我曾无数次想起它。它与他如出一辙地固执，把某些沉重到无法摆脱的东西堆砌到了我的回忆上，让我的一切都为此摇摇欲坠。

我曾无数次想念它。

那天，送他下楼的时候我没哭。一个人回来打开门再关好门的时候我没哭。

我慢条斯理地准备好毛巾、纸巾，然后在写字台前坐下。这时候，泪水才突然汹涌而来。它们为自己选择了足够安全的时机，足够安全的归宿。眼泪不像从眼里流出来……而是从胃里。一阵阵地反胃，想要把吃进去的所有的外界物都呕出来，眼泪流过脸颊的时候还有烧灼的疼痛，就像是胃酸一样。流得多了，以后再吞下什么东西，都会难以消化，再也无法从中汲取营养来维持自身的热量。多可怕的后果。

我的胃在痛。胸骨剑突下方，肚脐上部，略偏左。数不尽的神经纠缠在胃里，它们达成统一战线，于现在发起袭击。仿佛是在惩罚我前几日毫无规律的饮食。

我记得《圣经》里列举了会遭永劫的七宗罪，分别是饕餮、贪婪、懒惰、淫欲、傲慢、嫉妒和暴怒。我把头埋在胳膊里，用手紧紧按住胃部，对自己说，我并不是贪恋食物，而是贪恋味道，所以在这方面大概是没有什么罪的。

可是，我的胃，它就垂在我的心脏下面，垫着一层隔膜。我始终在亏待它，而它却是那样的善良，默默忍受着，直到今天才向我抗议，一阵阵地绞痛，每一遍都是在问我“你记不记得”。

我记得我的亏待，并愿意为此而忏悔，伴着所有疼痛。

[4]

冬天的时候我总会吃得比之前还要多一些，因为需要更多的热量。特别是今年冬天更是冷，手指、耳朵、鼻子，所有从身体上突出的孤立无援的部分，都好似要失去知觉。

我必须要不断进食，以补充向周围散发热量的消耗。

我变胖了。妈妈说她每次看见我都有种冲动，想帮我把脸上的一团肉揪下来。我对着镜子却没觉得有多么夸张。

曾听说过一种贪婪的生物，名为饕餮。它总会因贪食而吃掉自己的身体。如果饕餮是个女人的话，我或许正在越长越像她。因为我在某一次对着镜子挤眉弄眼，用手指捏住两腮时，突然意识到自己也是贪婪的。有野心，也有贪婪，只是贪婪的对象不是食物那么简单。

在亲朋好友的安排下，我从二十七岁开始相亲。实际上，这种为自己寻找配偶的活动不难让人接受——因为它通常伴随着，呃，一次还不错的美食体验。

遇见卓杨的时候我待在一家韩国料理店。这家店的名声不是很响，价位居中，有着很美味的酱渍烤肉。真不知道那天低头沉浸于美食的我是怎样给人留下的好感……总之他对我的印象很不错。

和介绍人通过话后，妈妈看我的眼神变得复杂，似乎她很想拍拍我的肩膀，再加一句“继续努力，继续保持”。这可是“打着灯笼也难找的金龟婿”啊。

然而我觉得不管如何努力，自己都不会像打了鸡血般激动，反而只会对目前的一切变本加厉地无动于衷。胡杨离开后的很长一段时间，我都像一个被割断脐带的婴儿，还不懂得疼痛，还不懂自己从今以后不得不从外界获取养分，还不懂为那个丑陋而显眼的疤痕忧心。

有个笑话说，一个小孩哭着问妈妈，为什么当初没把自己的脐带打成蝴蝶结，这样留下的疤痕还好看些。我在他走后一个月才突然发现，他把我的脐带捆成了死结，纠结成一团，实心的坚硬，没办法摆脱，只能眼睁睁看着它在自己身上化为一摊腥臭血水。

继续筹划跳槽。

我抱着早就准备好的简历走出家门，然后就看到了胡杨。

已经消失了两个月的他带着莫名其妙的悠闲惬意，坐在楼梯上——一楼正对电梯口的位置，旁边几盆吊兰枝叶招展。

我绕过脚下的杂物，走到他身边坐下，仿佛正在实践某种行为艺术。找工作与放跑他相比，重要程度不值一提。“安全通道”在我们头顶，绿色的幽光黯淡无力。我们挨得很近，肩并肩。

他扭头冲我笑笑，不说话，递过来一块儿颜色柔软温暖的糖。我把它拿在手里看了会儿，才撕开包装含在嘴里。

竟然是硬糖。失算了。浓烈而呛人的甜味让我觉得自己的牙齿完全钝住，喉咙干痛。

我们开始有一搭没一搭地聊天。我没敢问他为什么来，害怕他会被这个问题吓走。在谈到卓杨时，我终于忍不住把嘴里的糖吐到纸巾上扔掉，从拎包里找出水漱了下口，对他说：“饥不可失，食不再来。”

他偏着头很认真地想了会儿，告诉我：“你说得很对。有这么好的机会不赶紧上？别告诉我你还舍不得我。”

我说：“早饭没吃……我饿了。”

他就笑，然后低头把大衣拉链拉得紧贴下巴，“我知道。”

我在微博上看到，“我饿了”是句很考验人的话。妈妈会回答你：“我这就去做饭”，爸爸会说：“走，咱出去吃”，男朋友会温柔地问：“想吃什么呢”，而女朋友永远都会回答：“我也是”。

我于现在通过实践得知，前男友的回答是“我知道”。这是怎样的一种答案呢？程度足够的了解，与已经淡漠的纵容体贴。

“胡杨，我记住你了——看见我要饿死了都见死不救的浑蛋。”

“哦，谢谢，以后饿的时候千万要想起我。”

他很快就离开了，因为还有点事要办。最后留给我的袋子里是整包柠檬糖。缤纷招摇的塑料纸把小块儿糖果包起来，隔绝一切空气。仔细看，明黄的圆形中间有精致的五瓣花。

我把它们装在玻璃花瓶里，摆在客厅，电视剧插播广告的时候偶尔会漫不经心地扫过一眼。

它们真是漂亮。

而我，我突然发现原来也存在某些漂亮东西，会让我无法下咽。理所应当就是这样。

[5]

因为胃痛住院，还是第一次。

我有些绝望地倒在床上，怀疑自己将永远被关在这蓝色窗帘的白色屋子里。

萎缩性胃炎。像是有一场大雪在我的胃里降临，胃粘膜迅速苍白，皱壁变平坦。粘膜下血管可透见紫蓝色。病变可弥漫。

梦佳来看望病患，一进屋就呼天抢地，扑到病床边对我指指点点："不听好人言，把自己整进来了吧？"

卓杨和她打了个招呼，说要到楼下买饭，退了出去。

他一走，梦佳就停下手里的刀，笑了笑："卓杨是真心想和你结婚吧。我刚才上楼的时候，听见他在走廊问沈医生，你这胃病会不会遗传……你们到底是开始谈婚论嫁啦？"

我沉默。

她也没等我回答，继续低下头削苹果。果皮红黄相间，在她次次力度不一的折磨下断成夸张的好几截。我看着看着就笑起来，等她抬头瞪我，才开口："哎……你发现没有？胡杨和卓杨的名字里都有'杨'。可能是前世我欠了某个姓杨的情债？所以这辈子像个没头苍蝇一样逮着和'杨'相关的人就动心。"

她叹了口气，回答我："你看时间也差不多了，你是不是该吃药了？"

胡杨，卓杨的名字和你的很像，可是你千万别以为我是在为自己找寻某个替代品。我可没那么傻并幼稚——你一定也知道我不会那么傻并幼稚。因此，这些事情中最为诡异的巧合，看上去无端端也显得可悲。

在梦佳离开后不久，卓杨就回来了。他从柜子里拿出两只碗，把手里提着的馄饨一点点倒进去，他是要和我一起吃。

我盯着他拎回来的水果，问为什么又买了这么多。他告诉我，那并不全是他买的，刚才在楼下碰到了我发小，说在赶时间不上来了，就叫他把水果捎上来。

"哪个？"

“胡杨……应该是这个名吧，他说他是你发小。你不认识？他还让我以后买饭前先问问你饿不饿，挺有意思的。”卓杨笑着抬头，问：“你饿不饿？”

[6]

和卓杨结婚的前一天，我又狠狠哭了一场。我觉得自己还没玩够，还没学会和各式各样的人相处，怎么才谈了两次恋爱就把自己卖了。

梦佳听到我的抱怨后，几乎是下意识地问：“别告诉我你还想着胡杨！”

这次换我不理她了。

梦佳手足无措地看着我，最后说，也没怎么样为什么就那么难过呢？这次可别再受伤了。

我觉得怀里的抱枕都湿透了，转而紧紧搂住了梦佳，说怎么觉得一结婚就什么都没了呢？她轻轻拍打着我的后背，低声说：“过程还在，过程还在”。

那天我在屋里哭了很久，到最后眼泪简直是出于惯性往下流。我记得自己小的时候哭起来总会觉得很难受，甚至会忍不住把手伸到嗓子里，像是那里真的有什么东西卡住我，让我不停干呕。而这次，我的胃全然没有反抗。它静默，任我畅快淋漓。

从那以后，有很长一段时间我拒绝吃过于精致美味的东西。我想我应该给自己的胃留出一点儿时间来，让它调整调整自己，重新分泌出足够的胃液来帮我消化这个世界给我的一切。

如果有什么东西在这之后依旧让它无法消化，我也决定就这么算了。我想我们都必须彻底明白这一点：它不是万能的，我也不是。

好久都没有和你联系了啊，浑蛋胡杨，你为什么不能勇敢些？

你为什么不敢自己来问，我到底想不想你？

那时英雄年纪小

Part- Ⅰ

在这么多年之后，项羽终于意识到，虞姬不爱他了。

那天他认真擦拭着自己的铠甲，余光漫不经心地扫过虞姬。她坐在一旁抚琴，面无表情。烛火跳跃着，那样一小簇温暖既无法收拢亦无法挽留，烛泪开始流淌。

残曲零落。

在这样安宁而让人伤感的气氛中，项羽意识到虞姬早已不爱他了。或许是从昨天开始，他骑马带她踏青她却笑也不笑。或许是从三个月前开始，她第九十二次想要偷偷逃走然而第九十二次未遂。或许是从两年前开始，他凯旋时太累了没有先去看望她而是先回营房倒头睡了三天三夜。或许是从他们相见的第一面开始，那是在五年前了。

这么多年后，虞姬越来越习惯于抱怨，在项羽四处奔波打仗时，守着冷冷清清的屋子，对着自己贴身的侍女抱怨。“楚王连爱都不懂，又哪里会爱我？我十二岁就被他缠上了，根本没机会寻找自己的生活……”她很优雅地挑起眉毛，“楚奴，你记住，总有一天我是要走的。”

“你爱过项王吗？”楚奴帮她梳理着一头青丝，随口问。

“不懂事的时候，或许吧……”虞姬盯着铜镜里那张脸，那张脸上的哀愁都被倔强覆盖了，神色模糊。“但后来我想明白了，若不是想和江东望族联姻，他怎么会愿意娶我？他心里只有天下，再无一人。楚奴，是我想要的东西太多了。”

Part-Ⅱ

虽然我们不能把所有一见钟情都认作前生注定。

剧组开拍第一天，“虞姬”迟到了几分钟。然后她在众目睽睽中，急匆匆地从投资人的豪车里下来。

然后“项羽”看着她，觉得自己心跳直逼一百二，舌头打结，什么台词也说不出来。

Part-Ⅲ

那是个阳光灿烂、花开不败、万里无云、风和日丽的日子，适合打群架。

项羽又翘掉了兵法课，刚刚结束了和某群不自量力的小罗喽的极具观赏性的一对多，意气风发间却被突然出现的叔父项梁揪回了家，洗脸梳头换衣服，愣是把不拘小节打扮成了风度翩翩。项梁一脸不悦地盯着浑身不自在的小霸王，目光叫人胆寒。“我还以为你想逃呢。”他最终说。

逃是逃不掉的。这次聚会上都是江东各族长老，一脸和善两鬓斑白地互相试探，清一色地对着项羽连连夸赞。聚会的主要目的说白了就是政治联姻，其中受害人之一很不幸地就是我们年轻到依然在幻想爱情的项羽。

后来项羽偷偷溜到了院子里，他从来不像叔父那样善于周旋，总是对这些事情厌烦不已。深呼吸三口新鲜空气，他双手叉腰在心里呐喊“联姻就联姻老子十年后还是一条好汉。”

那是个阳光灿烂花开不败万里无云风和日丽的日子，适合打群架，也适合艳遇。

觉得心情舒畅许多的风华绝代、武功盖世、英俊潇洒、憨厚老实的项羽不经意地抬头，惊异万分地在院子里某棵苹果树姿态优美的枝杈上看见一只鞋。一只被穿在脚上的鞋。某小姑娘藏在茂密枝叶中，只露出半张脸，眼神不屑。项羽呆住。

眼神从不屑转变成同情：“……你也觉得很无聊吧，要不要上来？”上来和我一起藏在树里。

沉默许久。他平静地与虞姬对视，笑了。这个笑容曾被虞姬长久铭记。

几步蹿上树去，小心翼翼地坐在虞姬身边，目光灼灼，真心实意地笑着。觉得有风声在自己的血液中呼啸。其实项羽的心思不难猜，说白了也不过是“你怎么知道我是怎么想的，你怎么肯毫不顾忌毫无警惕地允许我的陪伴”。毕竟畏惧他、讨好他、算计他的人太多了，全然的信任实在太少。

如果对方是个和他同样对政治周旋感到厌倦的人，这场联姻是不是也不算特别可怕？

那年虞姬十二岁，明明是个正经萝莉偏偏摆出一身御姐气质，被宠坏的小孩子，面对危险人物也趾高气扬地不知道要逃跑。

那年项羽二十岁，自认对虞姬一见钟情。他绞尽脑汁如此固执就差和叔父翻脸地选择了家世并不是最为显赫的她，然后在结婚那天强作淡定，其实心跳一百二什么话都说不出来。

Part-Ⅳ

这个故事可以有很多个主角，很多种拍摄角度。

一个年少轻狂时误入歧途，后来通过不懈努力艰苦奋斗终于终获得了自由，走向人生新境界的励志故事——对虞姬而言。

一个在年少轻狂时，一见倾心，二见钟情，三见几误终生，英雄义气、美人多情旷古绝今，只应天上有的完美爱情故事——项羽的想法。

一个在年少轻狂时，暗恋到吐血三升，天昏地暗、夜不能寐，最终也没敢表白，只能默默相望相守的情感故事——楚奴眼里的真相。

他们每个人都可以是主角也都可以是炮灰。

还没高中毕业就被导演挑来演戏的“项羽”把剧本重新塞回枕头底下。那晚的梦里，喊杀声、战鼓声响彻云霄，经久不息，黄尘四起点燃苍穹。

英雄只为一人。

旷野空寂。

Part-Ⅴ

又做噩梦了。

杀秦降卒二十余万，夜夜鬼魂纠缠。

他随手抹去额上的汗，扭头盯着虞姬。睡觉的时候都要背对着他，至于么——不就是前一阵打仗的时候又没带她去么？他要天南地北的征战，有时候还真顾不得那么多。

鸿门宴放走刘邦后，军师夜观星象，诚惶诚恐地禀告：大王恐有不顺。

他气吞万里纵横天下并不把这些小事儿放在心上，听了只是笑笑。那天晚上回去后，虞姬非常生气地把他骂了一顿——居然是骂他“妇人之仁”。喂，原来不是说喜欢我又威武又温柔的吗？他觉得自己此生唯一不顺之事就是被虞姬骂了太多次，堂堂西楚霸王被老婆骂得不敢进屋——这下可好，要让这么多部下看笑话了。情何以堪啊，项羽，情何以堪。

寒冷的晚风中，他理了理战袍，神定气闲地和来往巡夜的士兵打招呼，装作兴致高涨地欣赏月亮。其实有时候他会想，或许虞姬并没骗他，他心心念念的王道不过是人家眼里的下水道。多情总被无情扰。

被凉风吹久了鼻子都有些发酸了，虞姬你就原谅我让我回去吧。

五年来，虞姬似乎再也不爱项羽了。他身高八尺虎背熊腰力能扛鼎目有重瞳，他志向远大意气风发。他能让千军胆寒，却得不到美人一笑。

他有次以酒壮胆，把虞姬召到了帐内，大言不惭地说：“终有一日我要送你天下。”多么老套的话，项羽平静地发现自己越来越庸俗了，老想着什么江山美人的故事。

虞姬依旧是浅笑着，彬彬有礼拒人千里地回答：“我不要。”

他愣了一刹，然后指着自己胸口说：“虞姬，你要是觉得不快乐，那我把我的命送你，任杀任剐，好不好？”幸亏是醉着，不然如此幼稚的语气足以让他羞愧而死。

虞姬只是摇摇头，退了下去。

酒醒之后，项羽先是一身冷汗：怎么刚才就那么白痴粗心大意？如果她真就出手了，自己岂不是一失足成千古恨，后悔都没地方后悔去？

然后是一阵凉意从心头泛上来。虞姬，你连我的命都不肯要，我还能拿什么送你。

他天生不懂持之以恒，学书法、学剑学、用兵之术都是半途而废，让叔父项梁皱眉感慨，不成气候。但喜欢虞姬、讨好虞姬这些事，他已经做了整整五年了还是不愿放弃。

那天回到房间后，虞姬皱眉长叹，项王的疯病越来越厉害了。“就算再锋利的宝剑也会有磨钝的那一天，他早晚会败的。楚奴，到时候我带你逃跑。”

然而楚奴并不相信虞姬的话。

楚奴看这一切看了太久。秦二世派她来刺杀项王的时候，她并不知道江山胜负会是如何，她并不知道在处心积虑离项王越来越近的过程中自己会莫名动心，她并不明白爱情。她记得秦二世说，她伯父的表姐的丈夫就是在某次与楚军对决时死在了项羽手下，然而这样的仇恨太含糊又太遥远。然而太久之后一切都不同了。她藏起了自己的剑，对所有人言笑晏晏。

太久以来楚奴就站在项羽最爱的人身旁，希望能得到他哪怕一丁点儿的注意，执着而无望。她能看出楚王的爱情，自然也能看出虞姬的。

那一日秦始皇出巡浙江，仪仗千里八面威风，谁不屑一顾要取而代之？

那一日陈胜、吴广揭竿而起，谁率兵八千在吴中举兵响应？

谁战势紧急时大吼说让妇孺先走，谁千军之中取人首级眉头不皱？

谁力能扛鼎金戈铁马破釜沉舟？谁火烧了阿房宫？谁剑指天下分封十八路诸侯？

谁对谁百依百顺、为首是瞻。谁对谁好，谁忘不了啊。

相望不相知，滔滔流年逝。

Part-Ⅵ

快要杀青的时候，“虞姬”突然拒绝继续参加演出。

投资人似笑非笑，打量了“项羽”几眼，然后揽过“虞姬”的肩膀，扬长而去。

垓下之战怎么办，霸王别姬怎么办？导演一脸愁容。

“楚奴”绞着手指，鼓足勇气说：“放着我来。”

Part-Ⅶ

十年后的垓下，万里秋风。

他本对那四面楚歌无动于衷，觉得这只是一场免费的楚地民俗歌舞表演。汉军现学的曲调乱七八糟，字音也咬得着实可笑。

他甚至开始考虑自己要不要组织手下兵士们也成立个合唱团让对方听听什么才是正宗版。

他本来一点儿也不在乎那些，直到那天晚上夜观星像时发现十多个鬼鬼祟祟的背影。原来还真有人想逃啊，平时我待你们可不薄。

他冷笑一声挥挥手准备叫人将他们拦住然后就地处死，军队里还是要有规矩的。

然而下一瞬他分辨出某个过分纤细的背影。你混在逃兵之间，难道我就认你不出你么？我们相处了这么多年，想走就走吧，但临走之前连告别都不会，真是不懂礼貌，亏你还是大家千金。

匆忙赶来的贴身侍卫恭恭敬敬："大王请吩咐。"他咬咬牙，只是吩咐要他们跟上虞姬，不计代价保她安全。

虞姬最终还是逃了。那一夜虞姬对楚奴说："我不能眼看着他败……守在一个不爱自己的人身边，他若是活着也就罢了，他若是死了，恐怕我也活不成了，我会跟着他去死的……不该这样，我早该放下了。楚奴，你何不跟我一起逃？"语调里蕴含着许多难言的伤感与许多难言的轻松。此时不逃更待何时，虞姬向着崭新的生活逃去，那里没有爱她爱到无奈的人，没有被规划好的人生。

世人只道虞姬重情重义自刎于项王帐内。

其实虞姬早就逃了。事实是那天楚奴面戴薄纱身着华服打扮成虞姬的样子款款进帐，旁边的军将们没看出什么玄机只是低头不语为国忧心。项羽不知道这人是谁，只知道虞姬真的已经逃了。他根本就不在乎。他想笑，老子苦心经营了这么久，江山留不住，女人的心也留不住，这哪还有面子带着兄弟们继续混啊。外面可都是汉兵啊，也不知道现在虞姬怎么样了，还安不安全……他开始神游，回想着关于虞姬的往事。

楚奴不眨眼地盯着项羽。她是谁一点儿也不重要，重要的是，如今她离他那么近。虞姬的剑在她手里，霜刃上泛着寒光。现在杀了他，他便再也不会是别人的了。她早该亲手结束这一切，结局太近也太远了。

墙头马上井底银瓶，一路走来到底是谁的故事传唱千年。

舞剑中途楚奴开始唱歌，声音颤得厉害。“汉兵已略地，四面楚歌声，大王意气尽，贱妾何聊生。”军将们听出这歌声与往日不同，却没发现什么端倪，只当虞姬是伤心过度了。听到这歌词，才心下大惊。

楚奴边唱边舞，紧盯着那个明显神游太虚的项王。剧本早就写好了，开场后只能一路演下去。

事实是那天虞姬早就逃了，是楚奴自刎在项王面前。血腥味真是呛人。

项羽回过神来看到的就是这样一幅画面：某个身份不明生死不明的人躺在地上，四处是鲜血，一群叱咤疆场的壮汉不知是吓得还是感动得一把鼻涕一把泪没完没了的哼哼唧唧。又凄惨又壮观。

项羽在心里骂：“都是大老爷们儿，哭什么哭啊，丢不丢人。”顺手摸脸却发现自己也是泪流满面。

项羽你能不能不要这么畏惧啊，虞姬骂你妇人之仁果然是骂对了。胜就是胜，败就是败，你怕什么。

他没看楚奴一眼，只是慢慢站起身走过去，在满地血泊中拾起那把剑，踏出军帐。

我们的英雄跨东风、披朝阳，满不在乎地奔向死亡。

后来的故事我们都知道，项王自刎乌江，临死前把自己的宝贝坐骑乌骓马也送了出去，百战百胜不过一败涂地一无所有。

世人感叹天下再无英雄。

Part- Ⅷ

杀青的那天，剧组所有人一起到野外吃烧烤。

很多冰啤酒，很多呛人的烟，很多烤焦的肉。

“虞姬”也在，远远地和他打了个招呼，笑了笑。“项羽”想过很多次该怎样和她道别，可怎么也想不到自己竟会醉得如此迅速、如此彻底，连句话都来不及说。视野里模糊不清是谁惶惶的脸，泪水的刺痛，胃里的燃烧。最后晃晃悠悠被人扶上车，送回自家楼下。

三天后他回到学校。同学笑着打招呼：“‘小霸王’回来啦，艳福不浅啊。”顿了下，又神神秘秘地压低语气问，“哎，听说那个，虞姬，和投资人有点意思，真——”

他毫无预兆地扑了上去将对方一顿狠揍。很多人围在旁边想要拉架，却被他脸上那种凶狠到莫名其妙的表情吓得不敢上前。

哪个人、哪件事、哪种突如其来的情感被暴露在阳光下，煮熟的种子再也不会生根发芽。

教导主任赶到后喝止，他站起身，坚决不肯道歉。逆光中面目模糊，身影却高大得仿若热血漫画中除恶扬善的英雄。

“楚奴”站在一旁，于刺目的阳光下，默然红了眼睛。

Part- Ⅸ

君王意气尽江东，贱妾何堪入汉宫。

虞姬有着柳条般柔韧的肌骨，满是稚气的眼神，冷漠而不耐烦的表情，以及偶尔会从眼底一掠而过的火焰般的狂热。她和别人没有什么不同，都有某种莫名其妙的自由情怀，或者说是某种过度延长的叛逆期。

她即使被困住了那么久，也还是成功逃开了。我没骗你，她真的不爱项羽……至少她觉得自己根本不爱项羽，正如项羽也不爱她。她始终记得，在结婚的那天项羽就一句话也未曾跟她说……像是根本不把她放在眼里。金钱、地位、娇宠、英雄、江山、爱情，哪个都是挽留的理由，又哪个都可以放弃。我什么都不要，只要自己的人生。

最终这果然是个励志故事，教导我们无论在怎样无望的情况下都不能放弃，卧薪尝胆、忍气吞声，然后再把握时机一举成功。

骓不逝兮可奈何，虞兮虞兮奈若何。

项羽能拿虞姬怎么办呢？他从来拿她没办法。

光阴尽已付水东，十年，他用三分之一的生命去挽留一个人，若还留不住那便是真留不住了。

他想起他们的第一次见面，那棵大树枝叶繁茂遮住了她的半张脸。

如果它还能再繁茂一些让他寻她不见，是不是这个故事就能再简单点儿。

墙头马上遥相望，一见知君即断肠。

楚奴不知道自己最终竟会如此死去，只是一步步地走，走入了歧途就再难回头。

三军已散佳人在。佳人为谁留？自刎的那一刻她抛弃了所有。

传说被她用鲜血浸润的那片泥土，生出了艳丽红花。

世人称它虞美人，用它象征极大的奢侈、顺从与虚荣。如今它被引入了澳大利亚、纽西兰、北美……它在世界各地生长，带着那些复杂难解的哀愁。

人间自是有情痴，此事无关风与月。

项羽不知道自己会被抛弃，即使这从最初就是必然。爱情总是很难把握的东西，那么复杂那么脆弱，比最瞬息万变的战场还没有规律可言。

心痛是心痛、遗憾是遗憾，事实是临死前项羽压根就忘了虞姬这个人，只是感慨一阵子天要亡我大势已去，我堂堂西楚霸王竟被刘邦小儿算计，真不甘心……不是矫情别扭的“你若无情我便休”，而是因为他始终能找到许多比爱情重要的东西。他一向如此。

所以在有资格当主角的三个人里，其实只有楚奴一个人念念不忘所谓的爱情。也只有她没有被记在史书里，只能和无数个孤魂野鬼长相厮守。

只可惜挽断罗衣留不住，负了这良宵美景。

虞姬姓虞。尔虞我诈的虞。

楚奴姓楚。楚国已亡。

虞姬成功逃走，楚奴舞剑帐中，那年她们才二十二岁。项羽自刎时也不过三十。

这一切不过是年轻人们轮番上台搅出的历史故事。

一个年少轻狂的故事。

夸张或荒诞无情或辛酸。千古兴衰，潮升潮落。何不笑谈。